U0454744

吴姐姐讲历史故事

珍藏版 第一辑

吴涵碧◎著

1

先秦·秦

远古—前206年

江西教育出版社
JIANGXI EDUCATION PUBLISHING HOUSE
·南昌·

赣版权登字-02-2023-466
版权登记号：14-2023-0098

图书在版编目（CIP）数据

吴姐姐讲历史故事：珍藏版. 第一辑 / 吴涵碧著
. -- 南昌：江西教育出版社，2024.3
ISBN 978-7-5705-4003-7

Ⅰ. ①吴… Ⅱ. ①吴… Ⅲ. ①历史故事－作品集－中国－当代 Ⅳ. ①I247.8

中国国家版本馆CIP数据核字（2023）第239180号

吴姐姐讲历史故事　珍藏版（第一辑）
WUJIEJIE JIANG LISHI GUSHI　ZHENCANG BAN（DI-YI JI）
吴涵碧　著

江西教育出版社出版
（南昌市学府大道 299 号　邮编：330038）

出 品 人：熊　炽
丛书策划：郑利强
责任编辑：李永山　黄　帆
特约编辑：李安民
封面设计：黄　浪

各地新华书店经销
艺堂印刷（天津）有限公司印刷
开本 710 毫米 ×1000 毫米　1/16　印张 42　插页 18　字数 565 千字
2024 年 3 月第 1 版　2024 年 3 月第 1 次印刷

ISBN 978-7-5705-4003-7
定价：118.00 元（全三册）
审图号：GS（2023）3545 号

赣教版图书如有印装质量问题，请向我社调换　电话：0791-86710427
总编室电话：0791-86705643　编辑部电话：0791-86706054
投稿邮箱：JXJYCBS@163.com　网址：http://www.jxeph.com

管仲（？—前 645 年），名夷吾，字仲，颍上（颍水之滨）人，春秋时杰出的政治家。少时贫微，与鲍叔牙定交，初时诸事不顺，任官屡次被免，从征屡次逃亡。鲍叔牙毫不介意，仍然推崇他的才能，待他一如往昔。管仲协助公子纠与公子小白争位，公子纠败死，管仲自负才华，宁做俘虏，不肯自死殉主，由于鲍叔牙向小白力荐，终于助小白成就大业。小白就是春秋第一位霸主齐桓公。管仲给后人留下的“管鲍之交”与他主导下的齐国霸业，一样光焰迫人，照耀千古。

——见《管鲍之交》

孔子讲学图，清黎明绘《仿金廷标孝经图》。孔子一生的成就在教育，“有教无类”是他所提出的空前主张。中国人的政治组织、社会形态、道德观念、人生理想，都深深受到孔子学说的影响。因此我们尊称孔子为“至圣先师”。

——见《孔子不屑与阳货为伍》

秦始皇（前259—前210年），嬴姓，赵氏，名政。秦并六国后，秦王政声称自己功过三皇五帝，称“始皇帝”，实行高度的中央集权，以严苛之政待百姓：将天下分为三十六郡；迫富户内迁咸阳；收天下之兵，铸十二金人；坑杀儒生，焚烧诗书；贯连万里长城以备强胡。这些政策大都给百姓造成极大痛苦。

——见《秦始皇与万里长城》

刘邦（前 256 或前 247—前 195 年），选自《乾隆年制历代帝王像真迹》。字季，西汉开国君主。初年放荡无行，有大志，见秦始皇车仗煊赫，喟然叹息："大丈夫就当如此。"秦末大乱，刘邦趁机而起，历尽艰辛，平灭强秦、项羽，建立西汉。刘邦出身草泽，夺得大位，后世杰士常以为榜样。刘邦不计自身微寒，而奋力建立功业，是中华民族平民英雄的杰出代表。

——见《刘邦生有异相》

纪信与刘邦等人定计逃出荥阳，选自清《戏剧图册》。楚汉战争中，项羽猛攻荥阳，刘邦所率汉军粮尽力竭，危在旦夕，大将纪信愿假扮刘邦出降。刘邦不愿部下涉险，纪信以剑加颈上，说："那我现在就死给你看！"刘邦被迫同意，最后纪信死于项羽之手，刘邦却因此得到机会逃出荥阳。

——见《真假刘邦与娘子军》

项羽乌江自刎，选自《画给儿童的孙子兵法故事》。项羽在垓下中伏，张良又使军中楚人作楚歌，楚军斗志尽失，离散殆尽，项羽见势已穷尽，慷慨悲歌："力拔山兮气盖世，时不利兮骓不逝！骓不逝兮可奈何，虞兮虞兮奈若何？"虞姬凄然相和，随即拔剑自刎。项羽葬了虞姬后，被汉军逼至乌江边，最终亦拔剑自刎。

——见《虞美人》

出版前言

当下世界，节奏快极，全球联系如一村庄，世事纷繁逾百年前十倍百倍，人置身其中，机会与灾祸此来彼往，瞻之在前，忽焉在后，判断与执行，极需智慧。智慧何来？一为“故智”，一为“当下之智”，前者深埋于历代典籍，后者浮现于当下时势。紧握大地者，方能枝叶参天，读史以求得“故智”，实有非凡意义。对此，成人固然，对于少年儿童，用“故智”开启他们的心智，培养他们读史的兴趣，对于他们的将来，影响尤为深远。

历代典籍都是文言作品，当代人难以看懂，而且古籍所论，脱胎于古代专制社会，若非经过对思辨能力的训练和对古代文化常识的积累，读者难免陷于困惑。更重要的是，越来越多的孩子在家人师长的熏陶和引导下，开始捧起历史读物，我们不但要让他们获得干净的历史智慧，更要像保护宝剑锋锐一样，保护他们的阅读兴趣！这一切，需要历史读物的形式，在历代史籍的基础上有相当程度的变易；要求写作者不但要极有爱心，更要富于才华和坚忍不拔的耐心！之前亦有众多学者在这方面做了一些工作，其中，把这项工作做得很完备、很成功的人之一，莫如学者吴涵碧。

《吴姐姐讲历史故事》内容上起远古，下终明代中叶，作者选取这段漫长历史中富于教益的人和事，以此为中心，写成一系列轻松而富于情致的短篇故事。全书凡 1075 篇，200 万言，故事之间相互钩连，前后贯通，连缀起来，即成一部规模颇大的中国历史故事。

吴姐姐认为，每个中国人都应当了解中国的历史，尤其是孩子们，应当从小就接受正确的历史教育，故全书所采史实，皆出自信史，对流传甚广的野史及民间传说，虽偶有采择，然皆指明其非为史实，并以信史与之相对照。吴姐姐一直埋首典籍，深知历史的严肃性和学术性，讲历史故事时，不曾妄开言论，不曾逞才使气，未曾沾染纤毫立场主张之论调。而见解之持正，论史之谨慎，与中国历代史家所恪守准则一脉相承。所讲故事当中，即使是对残暴的统治者，也不吝列举他们的善政和善行。指责与激赏、恶行与善政，并行不悖——吴姐姐希望读者能放下成见，懂得正确全面地认识人和事物。

吴姐姐讲历史故事，目的并不是让读者成为历史学家，而是以历史开启智慧，使孩子变得聪明，让大人变得豁达。故所选史材避开艰深的历史问题，而取其中意义浅白易懂，而又富于情趣的情节，务使大小读者读了便能明白其中的要义。

为了让读者易于走进来，吴姐姐的历史故事，标题皆富于意趣、亲切可观，内容富于情致、浅易畅晓，不以森然面目待读者。每篇故事皆两千字以内，读者略有空闲即可进入，开卷即有收获。

历史是一种智慧，更是一种情怀。只有在真情怀的指示下，智慧才可能到达它应该到达的地方。吴姐姐认为，每个中国人应当得到历史的真情怀与真智慧，应当懂得热爱自己的民族，懂得本民族杰士的苦境与成就。在故事当中，吴姐姐一再展示专制社会造成的苦难，晓示受迫害者固然失去生命，而最高权力者皇帝，也不能成为其中的胜者；当秦桧狡计得逞时，吴姐姐教诲读者，历史的评判从来都是公正的，坏人终将被钉在耻辱柱上；当岳飞含冤负屈，死于风波亭时，吴姐姐更是充满感情地告诫读者，中国人不以最终的成败论英雄，而是重视他们“富贵不能淫，贫贱不能移，威武不能屈”的奋斗精神与节操。这样的论言，穿行文中，皆自然流出，不但极有见地，亦亲切可观。

吴姐姐的最大目的，是希望本套书能成为全家共读的好书。全书行文之中，一叙一议，非惟富于趣味，亦极讲求情致与见地，风流蕴藉，埋伏于轻松的历史故事当中，抹平成人与孩子阅读兴趣的沟壑。《吴姐姐讲历史故事》畅销二十多年，让读者获得历史的“故智”，让众多的家庭，在轻松愉悦的共读之中，获得家庭的温爱。

我社引进后，做了如下改动：

一、将全书依朝代先后，不改变原文次序，分成十五册。

二、将书中所提年号加了公元年予以对照，比如“洪武元年”改为“洪武元年（1367年）”，以方便读者准确把握年代。

三、给书中部分疑难字加了汉语拼音，以方便读者准确把握读音。

四、为全书选配了近千幅插图，以方便读者理解原文。

本书篇幅宏大，编辑时间有限，其间错漏，在所难免，恳请读者朋友不吝批评指正。

江西教育出版社

历史教人聪明

——《吴姐姐讲历史故事》序

一般人常认为历史就是一大堆人名、地名、年代的累积，其实历史绝对不是堆砌，也不是呆板、单调、背诵式的学问。历史是人类活动的记录，包括了人做的事、人的思想、人说的话，这些记录是生动活泼、多彩多姿的，只是有的历史书把历史写成僵硬的、冷冰的报道，让读者只看到一大堆人名、地名、年代，弄得读者头昏脑涨，感到索然无味。

相信每一个人从小都喜欢听大人讲故事，大人讲的故事中有一些是编造出来的童话和寓言，大多数则是历史上的人和事，可见历史原本是有趣的。年龄稍长，人们无论是写文章或说话，常常喜欢用成语，这些成语其实就是历史，像“望梅止渴”“负荆请罪”“精忠报国”等，每个成语都有一个精彩的历史故事做背景，所以用成语就在讲历史。

历史是从前的人所做的事和所说的话，与我们现在的生活有什么关联呢？有极密切的关联。虽然从前的人的衣、食、住、行等生活环境也许和今天有很大的差异，但人性是不变的，以前人的人性和今天人们的人性是一样的，所以前人成功或失败的经验应该是后人可以学习的。前人的经验就是历史，从历史中学到如何迈向成功，如何避免失败，因此，历史是教人聪明的学问。

我的妻子吴涵碧毕业于新闻学系，她的父亲是大学历史系教授，她自幼受到父亲的熏陶，就喜欢历史。她感觉到中国古代史籍十分艰深，极少人会去阅读二十五史、《资治通鉴》等史书，历史学者的研究论文固然很有价值，但那种学术论文令人感到生涩僵硬，除了专业人士，很少人会去阅读学术论文。涵碧大学毕业后，在报馆担任编辑，心想如果能把历史和新闻结合起来，一定会让历史变得活泼有趣，于是开始写历史故事，每周一篇在报纸上刊出。

涵碧写历史故事绝对不是从《史记》《汉书》或《资治通鉴》等古籍中找一篇来改写成白话文，她除了阅读正史和各种可信的史料之外，还参考现代学者的专门著作，她将所有的资料融会贯通、取真去伪，再下笔撰写。所以涵碧的历史故事绝非杜撰的小说，而是可信的历史。有时，一些故事传说早已脍炙人口，不可不提，她在书中就会说明这是传说的故事。例如唐伯虎的风流故事在古代小说、戏剧里都有，那只是虚构的故事，她在书中就会分别叙述传说中的唐伯虎和真实的唐伯虎的故事。

《吴姐姐讲历史故事》畅销二十多年，许多早期读这部书的中小学生，现在已经长大成人，他们之中，有大学教授、中小学教师、工程师、医生、会计师、律师、公司高级主管、作家等，各有成就。这显现出来一个现象，让孩子读《吴姐姐讲历史故事》不是培养孩子成为历史学家，而是这部书启发了孩子的智慧，使孩子变得更聪明，凭着智慧和聪明，在各行各业中总能成为优秀的人才。

然而，不要因为这部书对孩子有益，就认为《吴姐姐讲历史故事》是儿童书，其实，这部书对大人们同样也是有益处的。秦孝仪先生是一位在中国文史研究上有精深素养的人，秦先生曾经公开对工作人员说："你们不要因为有高学历而自负，你们该去读《吴姐姐讲历史故事》，读了这部书，你才会发觉你对中国历史有那么多不知道的事。"可见《吴姐姐讲历史故事》不是限于小朋友才读的书。事实上，连八九十岁的李国鼎先生，也是《吴姐姐讲历史故事》的读者，许多大学教授、中小学老师，他们的家里都有一部《吴姐姐讲历史故事》，可见《吴姐姐讲历史故事》是一部老少咸宜、适合全家人一同阅读的书。

《吴姐姐讲历史故事》受到大家欢迎，绝对不是偶然之事，涵碧所写的“故事”一定合于史实，用浅显流畅的文笔，把历史上的人与事生动活泼地描述出来，不自觉一本书就读完了，毫不费力，而且兴趣盎然，又获得许多历史知识。凡读过《吴姐姐讲历史故事》的人都会有一个共同的感觉：原来历史并不枯燥，历史是那样有趣好玩。

历史是宝藏，中国历史更是蕴藏丰富的宝藏。中国人如果不了解中国的历史，就好像一个人置身于珍宝库藏之中却不知道珍宝库藏的可贵一样。身边四周都是财富，他却端着一个空碗外出去乞讨。

历史的宝藏里有聪明、智慧、良知、爱心……想要在历史宝藏里找到珍宝的人，请读读《吴姐姐讲历史故事》。

王寿南

蘸满感恩的一支笔

从小，我就喜欢听故事，看故事书。

记得童年晚饭后，当时教东南亚史的父亲，经常编一段董胖胖的故事。董胖胖长得胖嘟嘟，英俊又可爱，因为人长得胖，写字也总是胖到格子外面去。董胖胖最爱戴着草帽，荷着长枪，牵着董爸爸的大手，到山里去打猎，满载而归之后，还要吃好多好多巧克力糖。

对于刚刚开始学写名字，只能拥有玩具枪，也没有太多巧克力糖可吃的玉山弟弟而言，董胖胖具有强烈的吸引力，百听而不厌。每次讲完董胖胖之后，父亲总会随手抽出二十五史中的一本，说一段历史故事，他的口才是出了名的，我总嫌听得不过瘾。

当时，我已读小学，决定自己找书来看。我记得很清楚，那是启明书局出版的二十五史中的一本。我兴奋莫名地翻开书却傻了眼：字体极小，没有标点，无法断句，不知所云。我颓然地把书本放回，一个人坐在小椅子上发呆，完全不能理解，这么难看的书，如何能变为引人入胜的故事？做梦也猜不着，有一天我会早晚浸淫在二十五史之中。

感谢我亲爱的父亲吴俊才先生，在我幼小的心灵里，种下第一颗热恋国家民族的种子。

多少年像云一样飘过去了。

曾经认同董胖胖的小男孩，已经学成归来，在大学政治系任教。轮到他搂着他的心肝宝贝小安琪，编一段童话，并且试图让她了解，岳母为什么在岳飞背上刺字，玉山告诉我："许多学生都说，他们是看《吴姐姐讲历史故事》长大的。"姐弟二人相视而欢，异口同声："哇，听起来好可怕啊！"悚然而惊岁月流逝的背后，我有太多的感恩与激动。

中国人常说："一部二十五史，不知从何说起。"因此，深入浅出，用趣味化的方式，介绍中国历史，绝对是一件有意义的事。可是，上天为什么挑中了我？我自知并非博学专精的历史学者，我实在不够资格写这么一部大书，只是因缘际会凑巧碰上了。

正因为才疏学浅，不得不全力以赴。过去十多年来，我每周交稿一回，从未间断迟延，这不得不感谢上天厚赐健康，并且在我灰心丧志，委屈哭泣的时候，总能峰回路转，扶我向前；感谢许多好朋友的痴情包容，加油打气，鼓励我撑下去；甚且朝夕相伴的历史人物，仿佛也在鞭策我，继续写下去。

当然，我最后要感谢的是长期热烈支持我的读者们，自小学生到大学教授都有。出书多年，羞怯依然，我永远没有外出宣传的勇气，读者也从不以为怪。我多么想让大家明白，我一直怀有一份歉疚，一片希望写得更好以求图报的忠心。虽然我们咫尺天涯，《吴姐姐讲历史故事》这套书却与读者的头靠得那么近，因为你、我与书中的祖先全是血肉相连的中华儿女。我深信，假如书中不是苏东坡、李清照，换成了乔治、玛丽，我们不会有如此深刻的共鸣。

许多人常问我，书中所写的都是真实的吗？是的，《吴姐姐讲历史故事》取材于可靠史料，如系野史、传说，必加注明，我知道许多中学用以课外补充，甚且有的大学当作入门指导，所以战战兢兢，查访资料，小心落笔，读者大可放心阅读。

此次推出的珍藏版希望能成为全家共同阅读的好书。中国人一向重视"忠厚传家，读书继世"。我就像一个串珠的人，把历史上的细珠碎玉连成一串，亟盼家庭里老老小小，共同寻根探源，在轻松愉快的阅读之中，紧密了家庭的温爱。

希望《吴姐姐讲历史故事》能在每一个读者心中埋下一颗种子，更愿这颗种子长出对中国历史的温情与敬意。

吴涵碧

全套书总篇目

第二册

（西汉·东汉·魏　前206—265年）

第三册

（西晋·东晋·南北朝　265—589年）

第四册

（隋·唐　581—907 年）

第五册

（唐　618—907 年）

第六册

（唐·五代　618—960 年）

第七册

（北宋　960—1127 年）

第八册

（北宋·南宋　960—1279 年）

第十册

（元　1206—1368 年）

第十一册

（明　1368—1644 年）

第十二册

（明　1368—1644 年）

第十四册

（明　1368—1644 年）

第十五册

（明　1368—1644 年）

目 录

中国人故事的开始

人们常说中国有五千年悠久的历史。五千年确实是很长的岁月，但是中国人的故事并不是从五千年前开始的，也不是从五万年前开始的，而是从五六十万年前开始的。

在五六十万年以前，中国的土地上就有原始人类的出现。一九六三年，考古学家们在陕西省蓝田县发现了两块头骨，用科学方法鉴定后，认为是原始人类的头骨，年代距离现在约六十万年，考古学家们把这一原始人类称为“蓝田猿人”。所谓“猿人”，就是介于猿与人之间的动物，许多科学家认为猿人是人类由猿形演进成为人形的一个中间型，所以猿人可看成是原始人类。

不过，我们只发现蓝田猿人两块头骨，对于蓝田猿人的形态和生活都不太了解。我们了解得比较多一些的是“北京猿人”。

在清朝末年，上海和北京的中药铺里就出现一种叫“龙骨”的药物，中医的药方里有时也就加上这味药，但不知道这“龙骨”究竟是什么动物的骨（因为我们还没有人看过“龙”，我们中国人画的龙只是想象中的一种动物形象）。有位德国教授把“龙骨”带回德国去，用各种科学方法来分析，才发现“龙骨”实际是远古时代哺乳类动物的骨骼化石。从此，许多外国的科学家和中国的考古学家合作，共同去追寻“龙骨”是从哪里发掘出来的。

考古学家的努力终于有了收获，在北京的房山区有个叫“周口店”的小村子，有很多村民都收藏了不少“龙骨”，考古学家们在周口店附近的龙骨山发掘出许多原始人类的化石。这些化石中有头骨、大腿骨、手臂骨、手腕骨和牙齿等。经过详细的科学鉴定，考古学家们宣布这是五十万年前原始人类的骨骼，并将这群原始人类命名为“北京猿人”，又称其为“中国猿人”，简称为“北京人”。

在周口店，除挖掘出来骨骼之外，还有许多不同种类的兽骨、石器、木灰、果核、植物种子等，让我们可以推测出北京人的生活情形。

北京人的个子不高，男性身高大约一百五十六厘米，女性大约一百四十四厘米。他们的前额向后倾斜，眉棱突出，鼻子宽阔，颧（quán）骨宽大，嘴巴前突，颈部肌肉发达。

北京人以打猎为生，最主要的猎物是鹿，此外还有牛、马、野猪、虎、熊、狼等。北京人当然不能仅靠赤手空拳和那些凶猛的野兽搏斗，他们已经知道用石器当做武器，他们使用的石器并非原始的石块，而是用敲击的方法制成的像刀的片器、像斧的砍器和像镖的核器。这些石制武器有很大的杀伤力，所以北京人才能猎杀许多凶猛的野兽。

北京人头盖骨化石，旧石器时代早期，北京市房山区周口店第一地点出土。

北京人虽然不是我们现代的人类，但他们已经知道用火和制作工具，这是其他动物所做不到的，可见他们已开始具有人类的智慧。

一九三〇年，考古学家在发现北京人的同一山顶上又发现了一个洞穴。从这个洞穴中，发掘出很多骨骼和器物，考古学家们鉴定这是大约两万年前的人类，而且已经是真正的人类，不是猿人，于是称这一批发掘出来的遗骸为“山顶洞人”。

山顶洞人已经有了家庭组织，过着群体的生活，死后有埋葬的习惯，而且还会把死者生前的衣服、饰物和用过的工具一并殉葬。

山顶洞人过的是渔猎生活，他们狩猎的目标最主要是梅花鹿、赤鹿和羚羊，他们也开始会捕鱼。

北京人所使用的石锤、石砧，距今约50万年，旧石器时代早期，北京市房山县周口店第一地点出土。

山顶洞人已知道爱美，他们会缝制衣服，还佩戴一些饰物。此外，他们使用的器具以石器和骨器为主，石器多用燧（suì）石、火石、砾石和石英制成，除了片器、砍器、核器之外，还有石珠，似乎是用来作为装饰品。他们制作石器的方法比北京人进步，先把石头敲击成一个粗略的模型，再加以琢磨，所以，山顶洞人制作的石器看起来比北京人的精致多了。他们也使用骨器，常用的骨材是牛骨、鹿骨和鹿角，有些骨器不但表面刮削光滑，而且还有雕刻的纹饰，这似乎是中国人最早的艺术品了。

我们虽然不能肯定说北京人是中国人的祖先，但是，北京人这种原始人类的确在中国的土地上活动。山顶洞人已经是真人——就是真正的人类，有了初步的文化，同样也在中国的土地上活动。所以，我们可以把北京人和山顶洞人当做中国人故事的开始。

开天辟地的故事

北京人和山顶洞人是考古学家对从地下挖掘出来的遗物加以研究的结果。这些研究是很科学的，所以没有什么神奇的故事。古代中国人对于开天辟地却另有一些奇怪的神话，这些神话中以盘古开天与女娲补天最为著名。

盘古开天辟地的故事最初出现于三国时代吴国的徐整所著的《三王历记》中，故事是这样的：

在很久以前，还没有天地之分，整个宇宙浑然为一体，就像一个大鸡蛋，有个叫盘古的人，就生在这个大鸡蛋中。不知道过了多长时间，这个大鸡蛋开始逐渐起了变化，清纯明亮的部分慢慢上升，变成“天”，混浊阴暗的部分慢慢下降，变成“地”，盘古则在“天”和“地”之间。

“天”每日高一丈，“地”每日厚一丈，盘古也每日增长一丈。这样经过了一万八千年，天已经非常高，地也已经非常厚，当然盘古的身体也和天一样高。

在这一万八千年中，盘古真是“顶天立地”，他为什么要和天一样地长高呢？因为他怕天会塌下来，所以他要随时顶着天。经过了一万八千年，盘古觉得天已经很高了，应该不会塌下来了，自己完成了任务，可以不用再顶着天，心里放松，就倒了下去，竟然死了。

盘古快要死的时候，身体起了变化，身体各部分分散开来，他的气变成了风云，他的声音变成了雷霆，他的左眼变成太阳，他的右眼变成月亮，他的四肢变成了东南西北四极，他的骨骼变成了山脉，他的血液变成了河流，他的肌肉变成了土壤，他的发须变成了星星，他的寒毛变成了草木，他的牙齿变成了金矿，他的汗水变成了雨露，他身上的虫则变成了人类。

盘古开天辟地的故事当然不能相信是真的，这个故事只是古代中国人对宇宙起源的一种想象而已。不过，这个故事却有着很深的涵义，那便是人类是用自己的力量来创造世界的。

至于女娲补天的故事，出现在汉代。女娲是中国古老传说中的第一位女性，根据汉朝的石刻像，女娲的形象是人的头，蛇的身。这当然不是真的。女娲本来就是一个传说的人物，谁又真的知道她的相貌呢?

女娲补天的故事是这样的：

据说天地初开辟的时候，只有女娲一个人，还没有其他的人类，于是女娲用黄土捏塑成人的形状，吹一口气，这个黄土做的泥人就变成能跑能跳的活人了。

捏塑泥人的工作又慢又辛苦，女娲感到有些不耐烦，忽然灵机一动，拿了一根绳子，到泥淖（nào）中滚了一圈，再把绳子拉出泥淖，绳子上沾满了黏湿的泥土，女娲用手轻轻一抖绳子，附着在绳子上的泥土便飞溅满地。说也奇怪，那一团团的泥土落地后竟化为人身，于是人类的数量就多起来了。不过，这时的人类有两种，那用黄土捏塑而成的人成为富贵之人，那泥淖里出来

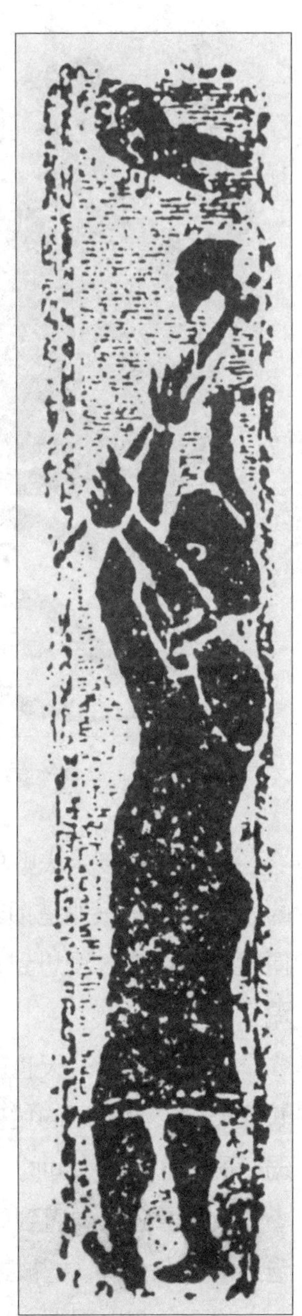

盘古开天辟地，南阳汉画像石。

女娲，汉画像石，陕西绥德。

的人则成为贫贱之人。

当女娲在制造人类的时候就想到，人是会死的，所以要不断增添新的人，那么自己的造人工作岂不是永不能停止？那实在太辛苦了。于是，女娲在造人时把人类分为男女两种，使男与女可以结婚生子，这样人类就可以自己来延续后代，而不必女娲不断地造人了。由于这种安排，女娲成了最早的媒人。后世的中国人便把女娲奉为“高媒”或“神媒”，也就是婚姻之神。

在女娲晚年的时候，有个水神共工，是个力大无穷的巨无霸，又有一个火神名叫祝融，两人关系不睦，终于爆发了一场大冲突，最后的结果是共工失败了。

共工不能接受失败的结果，自觉羞愧难当，便想要自杀。他来到西方的一座大山——那是顶着天、支着地的不周山——在情绪激动之下，一头便撞向不周山。没想到，共工并没有撞死，反是那不周山被共工一撞却崩塌了。

不周山塌了，天也就随之塌下来。于是森林发生了大火，河里的洪水暴涨起来，深山里的猛兽纷纷出来吃人，天空中有许多巨鸟飞下来啄食老弱妇孺，这真是人间的一场大灾难。

女娲看到人类遭到如此浩劫，心里十分难过，于是找到了五色的石头，跑到不周山山顶，把被毁的天补起来。

然而，在中国人心目中，女娲的地位远不及天。天是主宰，掌握命运，赐予权柄，执行生前死后的审判。

黄帝大破蚩尤迷魂阵

黄帝是中华民族的共同始祖，姓公孙，又姓姬，生于轩辕之丘，故曰轩辕氏，距今约四千六百年。有人说，因为他出生于黄土高原，又因为是黄种人，所以我们称呼他为黄帝。

他的母亲名叫附宝。有一天附宝看到天上雷光闪烁，而且环绕着北斗枢星，她受此感召不久便怀孕了。经过二十四个月，她在一个叫“寿丘”的地方生下了一个聪明可爱的小宝宝——黄帝。

黄帝，选自《历代帝王名臣相》。

黄帝出生不到七十天便能说话，长大之后聪敏敦厚，又特别具有领导能力，附近的人民都纷纷归附他，拥护他为领袖。黄帝治理人民很有办法，又教大家种植黍（shǔ）、稷、菽（shū）、稻、麦五种谷物（就是我们称的五谷），解决粮食问题。

那个时候到处不安宁，部落首领们互相侵略攻击，老百姓痛苦万分。黄帝看到这种现象，心里非常难过，于是整军经武，想要使天下太平。部落首领当中有一个叫炎帝（也就是神农氏）的力量很强，非但治理得法，而且教民耕种，很得民心。可惜后来他年老力衰，无法掌理政事。他的子孙不肖，做出许多违背他旨意的事，时常欺凌附近的小部落首领，那些被欺侮的部落首领都跑到黄帝这儿求救。黄帝除加强战备外，还暗暗使了一记绝招——他悄悄地训练了“熊、罴（pí）、貔（pí）、貅（xiū）、貙（chū）、虎”六种凶狠无比的猛兽。当黄帝的军队和炎帝的军队相遇于阪（bǎn）泉，双方打得难分难解时，忽然，从四面八方冲出成群结队、张牙舞爪、一路咆哮而来的怪物猛兽。炎帝的部队都看傻了，吓得手脚发软，只有乖乖投降。

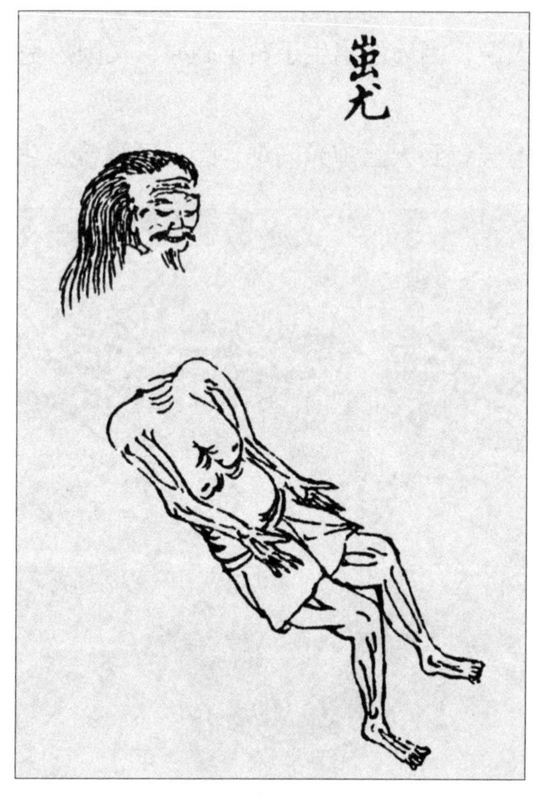

蚩尤，选自清汪绂图本，黄帝杀死蚩尤后，怕他复活，便把他的头和身子分开，葬在不同的地方，所以我们看到的蚩尤身首异处。

讨平炎帝的不肖子孙后，黄帝并没有心安，因为还有一个扰民的部落首领——蚩尤没有除掉。蚩尤的长相真是恐怖极了：铜头铁额，兽身人语，还可以吞下大把大把的沙子石头呢！又有人说他是人身牛蹄，四目六首，牙齿足足有两寸长，尖锐无比，头上长有两个能触人致命的尖角，大家都怕透了他。

黄帝与蚩尤战了九个回合都未分胜败。因为蚩尤有一个通天本领叫人无可奈何，他

“呼”地一吹，满天起了浓浓的云雾，伸手不见五指，人人昏头转向不知身在何处。黄帝的士兵最怕这一招，怎么能打仗呢？聪明的黄帝几经研究，做成指南车。有一次在涿（zhuō）鹿，蚩尤又利用大雾掩人耳目，正在得意之时，冷不防黄帝的指南车指出方位，兵马一阵冲杀，蚩尤终于束手就擒了。

经过这场漂亮的涿鹿大捷，黄帝的声威愈来愈响，所有民族都尊他为“天子”。天子勤政爱民，砍伐山林草木，修筑道路桥梁，东奔西跑，处处为大家改善生活。他手下的官员都以云的颜色为别，春官叫青云，秋官为白云。黄帝擅长推算历数，明了节气日辰，对人民耕种田地大有帮助。

他手下有个大臣名叫“仓颉（jié）”，很有头脑。看到马的爪印、鸟的足迹触发灵感，做成象形文字。黄帝的妻子嫘（léi）祖，发明养蚕取丝的方法，教人民织布、缝衣。此外，黄帝还建筑宫室，从此，大家免受日晒雨淋之苦。

把死人放入棺材，埋在地底下，也是黄帝时代开始的事。他又想到砍一根木头把中间挖空了，人坐在其中可漂浮水面——这便是舟；再砍几根木头，稍加削改又成为桨。在陆地上又利用马拉车子、驮重物，生活就方便多了。

有关黄帝的传说故事，带有浓厚的神话色彩。中华民族是最有智慧的民族，由于时代久远，许多事物的根源不可考，于是后人便把远古时代所有的发明，都归于黄帝一人。黄帝生了二十五个儿子，颛顼（zhuān xū）、帝喾（kù）、尧、舜，都是他的子孙；甚至后来的夏、商、周、秦朝的祖先，也都是由黄帝子孙分衍（yǎn）出来的，所以我们尊称黄帝为中华民族的始祖。

尧偷了后羿的一支箭

尧的母亲庆都是个很神奇的人，常常有朵朵黄云环绕在她头顶。当她嫁给黄帝的曾孙喾（kù）以后，黄云愈堆愈多。有一天，庆都到河边去游玩，忽然见到赤龙自天而降，风吼雨号，回到宫中不久便怀孕，经过十四个月后生下尧。尧相貌不凡，有十尺之高，粗眉大眼，目光炯炯有神。他曾梦见自己是条龙，威风凛凛地盘旋在天上。二十岁时，尧登上了帝位。

尧以节俭爱民为人所称颂，孔子非常钦佩这位古代的贤君。尧吃粗米饭，喝野菜汤，穿粗麻衣，住茅草房，辛辛苦苦地为民服务。民众听说堂堂一国之君如此刻苦，不禁叹息道："现在啊，恐怕一个守门的小小官吏过的生活也比尧好多了！"

相传那时天上有十个太阳，大地河湖被烤得滚烫沸腾，处处干旱龟裂，百姓个个奄奄一息，所有生物都笼罩在死神的魔掌下。尧有一天做梦，梦到上天特派一个叫"后羿"的使者来解救大家。第二天一大早，尧就恭恭敬敬守在宫门口。不多时，远远走来一个彪形大汉，手上提着一张红色大弓。这大弓可不是平常的弓，恐怕两个人都扛不动哩。可是，大汉轻轻松松就举起了弓，笑起来"哈哈哈"，声震天地。尧知道这就是后羿无疑了。

后羿挑选了十支细长尖锐的铜箭，接着，屏息静气慢慢拉开了弓，只听"嗖——"一声，一只又黑又丑的乌鸦坠落在地（古人以为太阳是乌鸦变的）。民众见到后羿射落了一个太阳，立刻拍手叫好，乐不可支，后羿得意地又射出了第二支、第三支……尧知道后羿射得起劲准会把十个太阳射光，可是天上没有太阳也不行啊，赶快从旁偷偷藏起一支箭。如此，大地才免于冰冷黑暗，也解除了干旱的威胁。

尧，选自《乾隆年制历代帝王像真迹》。

尧又推定时日，教人民按时耕种。尧的宫前有一种奇特的植物，名叫“蓂（míng）荚”，从初一到十五每天长一颗豆荚，从十六到三十每天落下一颗豆荚，尧因此把一个循环三十天定为一个月。

尧是个仁慈宽厚的君主，听说有人饿得没饭吃，或有人穷得没衣穿，便痛心地责怪自己：“唉，唉，都是我害的！”他如此爱民，更获得百姓的敬爱拥戴。

尧渐渐老了，他想找一位继承人，有人建议尧的儿子——丹朱作为继承人。尧晓得丹朱狂妄嚣张顽劣，不是担任天子的材料，所以不肯答应。接着有人建议让人缘很好的共工来继承，尧还是不答应，并且告诫大家说：“你们可别被他的甜言蜜语蒙骗啊！”

尧听说有个名叫许由的十分贤明，正准备出发探访，许由得到消息后，连夜赶到箕山下的颍水边躲起来。尧看他无意为君，派人邀他出山当“九州长”。许由听了更觉讨厌，急急奔到水边去洗耳朵。他的朋友巢父刚好经过看见了，问明原因，不屑地撇撇嘴：“算了吧！你故意让别人知道自己贤明，这会儿又自命清高洗耳朵，可别把水弄脏了，害我的小牛不好喝水。”

后来，四方百姓又推举舜为继承人。舜的父亲是盲人，母亲早死，后母阴狠，常常想害死这前妻的儿子，曾命舜修理仓库，然后点火烧房子。舜拿着两顶斗笠从屋顶跳下没死；后母又命舜挖井，当舜在井底工作时，后母便往井里丢石头扔砂子，舜自井边挖了小洞逃出，又没有死。舜虽饱受欺凌，但仍然非常孝顺。他曾在历山种田，在雷泽捕鱼。由于舜有高超品德，又能勤劳工作，所以深受人们的爱戴。舜走到哪儿，人民就跟到哪儿，哪儿就成为热闹繁荣的地方。

许由洗耳，任熊版画。

尧为进一步了解舜，把娥皇、女英两个女儿嫁给他，以便就近观察。又派舜担任一些工作，舜都顺利达成使命。在经过许多观察和考验之后，尧十分开心道：“我终于找到你这个君主的人选了！”然后，尧就让舜登上天子之位——这正是我国几千年来为人称颂的“禅让政治”。

那时槐山有个仙子韩仕，看到尧帝日夜为国事操劳，特地采了长生不死的仙药送给尧。尧因为太忙，根本忘记仙药，最后，尧还是死了，据说尧活了一百多岁。

夏桀的荒淫无道

汤是我国历史上第一位革命成功的人，他是契（xiè）的十四代后裔。关于契的出生有段神话，据说契的母亲简狄长得非常漂亮，被帝喾（kù）选为妃子。有一天简狄在河中沐浴时，天上飞过一只燕子，口里还衔了一枚鸟蛋，忽然蛋落在地上。简狄把蛋拾起来，一口吞了，不久简狄便怀了孕，很快产下了契。因为契帮助大禹治水有功，于是舜把商这块土地封给他。

汤从小就聪明，长大后因为领导能力强，为人又非常宽厚，很受人民的欢迎。有次他看到野外有个人在四面张网，并且双手合十念念有词道："天灵灵，地灵灵，希望所有的鸟儿统统飞进来。"汤听到后说："那怎么可以，所有的鸟不都被你捕光了？"于是，他走过去，告诉那个猎人只准张一面网，同时祈祷词也得改为："鸟啊，你想往左边飞就往左边飞，想往右边飞便往右边飞，要小心点儿可别自己寻死，掉到我的网中啊。"大家听说这件事后，都跷起大拇指夸他："汤这个人真是善良，连对禽兽都那么仁慈！"

这时天下由夏朝的桀（jié）在统治。桀是有名的坏君主，力气倒是不小，一个人能赤手空拳和老虎搏斗；桀贪图享受，对盖皇宫造花园最有兴趣，而且到处搜集名花异草来观赏。他又以好色著名，后宫中已有三千佳丽仍嫌不够，派人到处寻访美女，结果真被他找到绝世佳人——妺喜。桀第一次看到妺喜楚楚动人的模样，完全被迷住了。可是很糟糕，这个美人不喜欢笑，一天到晚绷着脸。桀用尽办法逗她，但妹喜似乎无动于衷。在一个偶然的机会中，桀发现她听到撕布的声音会露出美丽的笑容；桀立刻下令每天搬来一万匹帛撕给妹喜听，以博取她的一笑。于是人们走过宫前就听到撕裂布帛的声音。

对于人民的生活，桀一点儿都不关心；相反地，他以虐待人民为乐。他有时会命令一个倒霉鬼当马拉车，自己坐在车上过瘾，还挥着马鞭叫："快跑！快跑！"有时又在人群中偷偷放出一只凶猛的老虎，看到人们惊慌逃命，哭喊奔走，他乐得哈哈大笑。他还建了一个酒池，划着小舟荡漾酒上，边喝边玩；并且要许多美女脱掉衣服排成队跳舞。他这样的荒唐享受，弄得天怒人怨，民不聊生。

夏桀，汉画像石，山东嘉祥武氏祠。

老百姓对桀的作为十分痛恨，桀却毫不引以为意。他口出狂言道："大家听着，我就是太阳，你们没有太阳就活不了！谁敢反抗太阳？"百姓听到桀的狂言，恨到极点，便群起回应道："哎呀，你这个太阳究竟等到什么时候才可以死亡，我们真想早一天和你同归于尽！"

汤是当时的一个诸侯，他在各国间主持正义，主张公道，很得人民的爱戴。但是桀的力量太强，汤不敢马上和桀发生冲突，于是，汤先一步步发展国力再说。刚巧，此时他找到一位很有才能的人——伊尹（yǐn）为宰相。伊尹告诉汤，做天子就好比厨子烧菜，要摸清楚大家的胃口，满足一般人的欲望，然后才能做出色香味俱全令人流口水的好菜。汤得到伊尹的辅佐，事事为人民设想，国力也一天天雄厚。

商汤，佚名绘，台北“故宫博物院”藏。

汤曾先后讨葛国、顾国、昆吾国等政治不修明的国家，每次他先打东边的国，西边的人民就会埋怨：“我们运气真坏！为什么汤不先打我们这里呢？他一来，大家就得救了。”依常理，没有人民会喜欢战争，但是，当时大家还准备了香喷喷的饭菜迎接汤的军队呢！

经过多年的准备，汤已逐渐强大，最后决定与桀决一死战。两军主力在鸣条相遇。这真是一场惊天动地的大战，双方打得天昏地暗，好不惨烈。汤的军队虽然士气高昂，但武器军备方面还是较桀的军队差了一截，所以很难取得胜利，甚至几度陷入濒（bīn）于落败的险境。最后在大多数百姓的响应、拥护、协助下，再加上将士用命，终于一举击败桀的军队，而且打得桀落花流水，桀本人也被俘。汤便把桀流放到南巢去。这件事显示出暴政必亡是古今不易的道理。

纣王怒烹伯邑考

周人的始祖是弃，他的出生有个神奇的传说：弃的母亲姜嫄（yuán）是有邰（tái）氏的女儿。有一天她到野外去游玩，发现地上有个巨大的脚印，她觉得很有趣，就把自己的脚也踩在上面。刹那间，姜嫄忽然感到肚子里有什么东西在动，好像是个小孩在挥舞手足。回家后过了十个月，果然生了一个男婴。人们奔走相告，认为这个男婴是个不祥的怪物，一把从姜嫄怀里抢过来丢在路旁。

可是，说也奇怪，牛啊、马啊，看到丢在地上的小宝宝纷纷让路，而且还抢着照顾他、喂他奶。人们看到弃婴没死，就把他扔在深山丛林里。结果，刚好有一群猎人路过，看到白胖可爱的小娃娃，欢天喜地地把他抱下山去。

听说他又没死，人们悄悄地把小婴儿偷回来。这一次想了一个更坏的主意：把小婴儿丢在厚达三尺的雪地上，让他冻死。没想到成群的小鸟飞下，把鸟翼覆盖在宝宝身上，温暖他、看顾他。人们这时候觉悟了，也很后悔自己的残忍，于是把小男孩送还给正在伤心的妈妈。因为他曾三次被抛弃，所以取名为“弃”。

弃小时候最喜欢玩的游戏就是“种树”；长大以后，成为农师，又助禹治水很有功绩，帝舜便把邰这块地方封给他，姓姬氏。以后传了几代传到姬昌，正是历史上鼎鼎有名的周文王。

此时天下是由商朝的纣王统治。纣力大如牛，而且很聪明，又善于狡辩。有一次，他把六条牛的尾巴绑在一起，和它们“角力”，结果纣居然赢了。

纣王好大喜功，贪图享受，生性残暴，还想出许多可怕的刑罚。他曾用铜片制成一个个的格子，下面烧起炽（chì）旺的炭火，让有罪的人在上面走，像烤肉一般把人烤熟。

纣听说姬昌很贤明，心中不安，所以想了一个鬼主意，把姬昌关在羑（yǒu）里，一关就是七年。

姬昌的大儿子伯邑考非常孝顺，日夜思念父亲，最后便决定去向纣王求情。当伯邑考到了朝歌（商朝的国都）的宫殿时，纣王正与最宠爱的绝色美人妲己饮酒作乐。纣王听完伯邑考的一番话后，顺口问搂在怀里的妲己：“你说该如何呢？”

妲己见伯邑考年轻、英俊，心中喜爱，于是对纣王道：“这样吧，听说伯邑考琴弹得很出色，何不让他弹来听听。如果真是不错，就答应他如何？”纣马上命令左右抬出琴来一试，伯邑考恭恭敬敬坐了下来，捻指弹琴，果然名不虚传，弹得好极了。

妲己转脸儿向纣王撒娇：“大王，把他留下教我弹琴好不好嘛！”纣王对妲己的请求向来是有求必应的，这次当然也不例外。妲己等纣王酒醉回后宫去睡觉了，便使尽媚力诱

周文王，选自《历代古人像赞》。

惑伯邑考。岂知伯邑考不吃这一套，反而破口大骂妲己“无耻”。妲己恼羞成怒，气得大声呼喊，说伯邑考欺负她。纣王听到大怒，下令把伯邑考“剁成肉酱”泄愤。这时伯邑考的父亲姬昌正在弹琴，忽然琴弦断了一根，心知不妙。果然不久，纣王派人端来一碗肉羹。姬昌知道是自己爱子的肉，心中伤痛难言，但为了大局着想，只得和着眼泪硬吞下去。

消息传到了周人耳中，人人悲伤不已，尤其是姬昌二儿子姬发，恨不得马上找纣王决一死战。但是姬昌还在敌人手中，怎能轻举妄动呢？只好用“利”来诱惑。

于是，他们在有莘（shēn）找了几个难得一见的美女，在骊戎挑了几匹毛色鲜红发亮、双眼亮如黄金的宝马，以及很多稀奇古怪的玩物，买通了纣王的手下献上去。纣王果然为利所诱，把姬昌给放了。

姬昌回去后，更加勤政爱民，国力一天比一天壮大，先后打败密须、耆（qí）国，天下九州中归向他的有六州。但他对纣王还是恭恭敬敬地叩头称臣。因为他知道自己力量还不够，不能轻举妄动。他死后，儿子姬发继续加强国力，训练军队。

在公元前1122年，姬发看时机成熟了，商纣王又刚刚讨伐东夷归来，国力未复。于是姬发率领大军集合于孟津，公开责备纣：听信妇人，不祭祖先，不用宗室，对人民暴虐，等等。纣王的军队虽然声势浩大，然而没有斗志，甚至起义反正或暗作姬发先锋。同时，周人又知道使用铁制的长矛去对付商人铜打的短刀。在牧野一战，纣兵惨败；纣王自焚而死，商朝灭亡，中国历史进入一个新的纪元——西周。而姬发便是西周的创业君王——周武王。

周幽王烽火戏弄诸侯

周宣王是西周中兴的名主，有一天，他走在街上听到几个小孩子在唱一首歌谣：

叮叮当，当当叮，
月将升，日将没；
桑木制作的弓，
箕木制作的箭，
将把周朝戳个大洞。

周宣王听了心里非常不痛快，马上下命令：“以后谁敢再卖桑木制作的弓、箕木制作的箭，一律处死！”宣王气呼呼地回到宫中，又听到一件怪事：有个老宫女怀孕四十多年，昨夜产下一女婴。他立刻召老宫女来问原因。

老宫女跪答道：“婢子听说夏桀王末年，褒城有神人化为二龙，降于王庭，口流涎沫，能说人语。忽然风雨大作，二龙飞去，桀忙搜取龙口水放置在赤盒中。到先王时，赤盒突然出现亮光，先王正要打开，失手落地，我踩到龙涎，从此肚子渐大，仿佛怀孕。”王后一听，便把新生女婴用草席裹起扔到河边。

这一天，一对乡下夫妇，带着桑木弓和箕木箭进城兜售。刚走到城门，守门的官兵要来抓他们，夫妻俩吓得扔了东西就往城外跑。跑到河边，听到婴儿的哭声，发现了一个弃婴。哇！是个漂亮的女婴。他们连忙抱着女婴继续逃亡，最后逃到褒城。

这个小女婴被取名为褒姒（bāo sì），到十四岁时已出落得很成熟，而且非常美丽，人见人夸。此时周宣王已死，儿子幽王即位。幽王残暴，贪爱女色，下令到处搜寻美女。大臣褒珦（xiàng）劝谏（jiàn），幽王一气之下把褒珦关起来。褒珦的儿子洪德偶然到乡间收租，看到正在打水的褒姒惊为天人。洪德心想："天子要看到她，一定会把我父亲释放了。"于是用三百匹布买了褒姒带回家，教她礼仪，帮她打扮，然后带到镐（hào）京去见幽王，幽王大喜，立刻释放了褒珦。

幽王自从得到褒姒，就和她一起住在琼台，整整三个月没进王后正宫，公开宣称褒姒是最迷人的新妃子，完全不把王后放在眼里，王后气得大哭大闹。太子宜臼，想出了一个报仇的方法：他率领十几名宫女跑到琼台宫旁，乱摘花朵，琼台宫中人出来拦阻。褒姒听到争吵声出来一看，太子宜臼赶上一步，扯着褒姒的头发，就是一顿毒打。

幽王退朝后，看到美人儿被打得遍体鳞伤，心疼不已。褒姒一边掉眼泪，一边抽抽搭搭地说："太子为母报仇，我死不足惜，可是我肚子里已怀有两个月的身孕，求大王放我出去。"幽王气得立刻传旨："太子无礼，暂时送到申国去。"原来王后是申国的公主，申国的侯爷便是太子的外公。

王后听说太子被逐，终日流泪。有个宫女建议道："娘娘何不假装生病，召温媪入宫看脉，然后托她带信到申国，请太子上表说自己已悔悟自新，这样也许天子会召太子回国。"不幸，事情被褒姒的手下知道，温媪一出宫，马上被褒姒手下拦截。因为信中有许多地方责骂幽王，幽王看了很不开心，再加上褒姒刚生了个儿子伯服，幽王便立刻决定：王后打入冷宫，太子废为庶人；立褒姒为后，伯服为太子，谁敢说情，一律处死。许多大臣气得纷纷辞职告老回乡。幽王干脆不上朝了，天天和褒姒饮酒作乐。

褒姒虽当上了王后，还是一天到晚愁眉苦脸，幽王想尽方法都难博一笑。于是下令："谁能使褒姒一笑，赏千金！"有个奸臣献计："以前西戎强大，怕他们入侵，曾在骊山下放了二十个烽火台，几十面大鼓，作为召集诸侯来援救的警报，也许王后会对假警报有兴趣。"

烽火戏诸侯，选自明刊本《新镌绣像列国志》。

当天晚上，幽王就命烽火台点燃烟火，黑烟直冲云霄，同时又敲起大鼓，声动天地。诸侯们以为出了乱子，一个个率领兵马，连夜赶到骊山下，却只听见管乐之声。诸侯们始知上当，彼此苦笑，一个个卷起旗子回去了，当然心中怨怒不已。褒姒看到他们狼狈和受骗的样子，忍不住拍手大笑，幽王大为高兴。

前面所说太子被逐到申国，王后的父亲就是申侯。申侯看到女儿、外孙被欺负很是愤怒，派人去向犬戎借了一万五千名兵卒，加上自己的军队，闪电出击，把都城团团围住。幽王急得举起烽烟，但诸侯以为又是幽王为褒姒寻开心，没有人愿意再做傻瓜发兵前来。幽王兵力单薄，不敌犬戎大军，便死在乱箭中。

管鲍之交

春秋时代有“五霸”，就是五个政治上称霸的君主。五霸中的第一人是齐桓公，可是齐桓公能够称霸是靠管仲的辅佐，如果没有管仲，齐桓公就成不了霸业；不过，管仲如果没有他的朋友鲍叔牙，也无法建立他的事业，管鲍之交是历史上的一件美谈。

管仲是齐国人，字夷吾，少年时结交了一个好朋友名叫鲍叔牙，两人一同做生意。管仲家里比较贫穷，每次做完生意，结账时，管仲都会偷偷地自己多分一点钱。鲍叔牙知道管仲的行为，但一想管仲家里贫穷，又有母亲要奉养，需要多一点钱，也就不计较了。

后来管仲和鲍叔牙都弃商从政，管仲跟随齐国的一个贵族——公子纠。鲍叔牙则在齐国另一个贵族——公子小白的身边做事。当时齐襄公在位，襄公荒淫无道，引起了内乱，襄公被杀，齐国一片混乱，公孙无知自立为君。

当齐国大乱之时，管仲和召忽陪伴公子纠逃往鲁国避乱，鲍叔牙则陪伴公子小白逃往莒（jǔ）城。不久，公孙无知被杀，齐国无主，齐国的正卿高傒迎接公子小白回去担任齐国的国君。

鲁国听到这个消息，立刻准备送公子纠回齐国。同时，为了防止公子小白先回到齐国，便叫管仲带领人马去拦截公子小白。果然，在从莒城到齐国的大路上，管仲的军队遇到了公子小白。管仲在很远的地方，拉开了弓，对准公子小白射了一箭。这一箭正射在公子小白的金属制的腰带上，

管仲箭射小白，小白假装中箭倒下，汉画像石。

所以公子小白并没有受伤。然而，公子小白却机警地倒下去，假装被射死，让随从的人将他抬入军中，立刻撤退。

管仲以为公子小白已经被射死，立刻派人到鲁国去送信，要公子纠从从容容回到齐国，齐国的王位非公子纠莫属了。

但是，公子小白却早已悄悄地从小路赶回齐国，被齐国的大臣们拥立为齐王，就是历史上有名的齐桓公。等到公子纠带领鲁国的军队到达齐国边境的时候，才知道公子小白已经取得齐国国君之位，而且齐国派了军队来抵御公子纠。于是齐兵和鲁兵在齐国的乾时（今山东淄博一带）打了一仗，鲁兵大败。

齐桓公得胜以后，立刻逼迫鲁国杀了公子纠，召忽见大势已去，也就自杀而死。但是，管仲却不肯死，鲁国便把管仲捆绑起来，用囚车将其送到齐国。

管仲被押解到齐国，齐桓公下令将管仲处死。

“且慢，”鲍叔牙阻止齐桓公下达处死的命令，“大王不能杀掉管仲。”

“那一天管仲用箭射我，如果不是我命大，箭正好射在腰带上，恐怕我早已经死了，所以管仲是我的仇人，我怎能放过他？”齐桓公生气地说。

“人都各为其主，管仲也不过是忠于其主罢了。”鲍叔牙说，“如果大王只想平平凡凡做个国君，那么就杀掉管仲吧；如果大王想做一番大事业，那么便要重用管仲。”

“难道你不能辅佐我做一番大事业吗？”

“我自知才能比管仲差远了，希望大王能重用管仲，管仲必能帮助大王创造许多大事业。”鲍叔牙诚恳地说。

管仲，选自《历代名臣像解》。

齐桓公是个心胸宽大的人，听从了鲍叔牙的话，不念旧日的仇恨，反而任用管仲为相，鲍叔牙则自愿在管仲的手下做事。

管仲为相之后，积极提出许多富国强兵的计划，使得齐国的经济繁荣、政治清明、军力强盛，于是齐国连续讨伐许多外族，并且要求各国诸侯尊重周天子，这就是齐桓公和管仲提出的“尊王攘夷”的口号。齐桓公受到许多诸侯的推戴，多次主持诸侯间的盟会，维持国与国之间的和平秩序，俨然是诸侯的领袖。

有一次，管仲和朋友们聊天，朋友们都在称赞管仲的才能和功勋，管仲深叹一口气，对朋友们说道：“我今天能有这点成绩，最要感激的人是鲍叔牙。我年轻的时候，由于家境贫寒，和鲍叔牙一起做生意，赚了钱，我总是自己多分一些，给鲍叔牙少一些，可是鲍叔牙不以我为贪，他知道我穷啊！我曾帮鲍叔牙办事，总是没办成，鲍叔牙不认为我愚笨，他知道那是时机不对。

“我曾经三次出来做官，三次被国君免职，鲍叔牙从不讥笑我无能。他知道那是我没有遇上好的国君。我曾经三次参加战争，三次因为战败而逃亡，鲍叔牙不认为我怯懦，他知道我还有老母，不能轻易牺牲生命。

“公子纠失败了，召忽殉了节，我却不肯死，宁愿被囚禁受辱，鲍叔牙不认为我无耻，他知道我不介意小节，却恨不能成大功立大业，扬名于天下。所以我要感激鲍叔牙，生我者父母，知我者鲍子也。”

朋友们听了管仲的话深受感动，大家都觉得管仲之贤固然难得，鲍叔牙的知人才是更难得啊！

郑庄公掘地洞见母亲

郑国是春秋初期的强国。郑庄公是奠定霸业的明主，他的名字叫寤（wù）生。据《左传》记载：因为他母亲武姜在生他时难产，受到惊吓，所以给他取名寤生，并从此很讨厌他。

不久，武姜又生了个小儿子——段。段长得一表人才，面如傅粉，唇若涂朱，武功高强。武姜很偏爱他，一心想由段继承王位，可是只争到一个小小的共城。

郑庄公正式登上王位后，答应母亲的请求，把京城封给弟弟段。段又侵占了西鄙、北鄙、鄢和廪（lǐn）延等好几个城市，一步步发展军力，招练兵马；同时，段与母亲约好日期，请她做内应，想一举攻入郑城，抢夺王位。

郑庄公看在眼里，却始终不吭声儿。他下面的臣子忍不住了，劝他出兵，郑庄公摇摇头说："段是我的亲弟弟，母亲又宠他。他虽占了一些土地，可也没有公开造反，如果我出兵，母亲一定不高兴，人民也会嫌我气量小。"他的臣子当场献上一计，于是：

第二天，庄公造了一个假命令，说自己要去洛阳朝拜周天子，到周朝朝廷去。武姜一听到这个消息大为高兴，心想，这是造反的好机会，马上写了一封信派人送到京城，准备约小儿子段在五月出兵。信差刚出门，半路就被庄公手下拦截，捉住杀了。庄公再派人冒充信差送信给段，并且向段要了回信。这一下子，庄公拿到段造反的证据了。

段仍然被蒙在鼓里，在接到信后，他即刻派人到卫国去借兵，一方面亲率所有军队出发。谁知刚出城门没有多久，郑庄公派人占领京城，段兵败自杀身亡。郑庄公在段身上找出母亲武姜约段起兵的信，以及段的回信，一同封好，送给他母亲看，并把母亲送到颍城居住，很气愤地向她发誓："我不到地下，一辈子再也不见你这个坏母亲！"话说完了，事后，心中却有点后悔，可是君主说过的话又不能不算数啊。有一个孝子名叫颍考叔的，知道这件事后，找了几只猫头鹰，假装说是献野味去求见庄公。颍考叔说："这种鸟儿叫猫头鹰，小的时候妈妈喂它吃东西，长大后，它反吃掉母亲，这种鸟太不孝顺，因此我抓来给你吃。"庄公知道他是存心讽刺自己，默默不说话。

郑庄公拜见母亲，选自明刊本《新镌绣像列国志》。

此时，厨子送上来一大盘香喷喷的羊肉，郑庄公叫人割一块肩膀肉给颍考叔。哪知他不吃，却拣最香嫩的肉包好，藏在袖子里。郑庄公问他为什么这样，颍考叔回答："我有母亲，我孝敬她的食物她都已尝过，就是没有尝过您赏赐的肉汤，请求您让我带给她吃。"

郑庄公惭愧地低下头，说："你真孝顺。"颍考叔乘机说："你也有母亲啊！"庄公就把母亲偏心、弟弟造反的事讲了一遍，然后说："我现在很后悔，可是我已发过誓，不到地下，不见母亲。君子一言出口，驷马难追，尤其我是一国的君主，怎能说话不算数呢？”颍考叔便告诉他一个办法：“你在地下挖个洞，造间房子，把你母亲接去住，然后你就可到地下去见母亲了！”

于是，庄公派了五百名壮士，在牛脾山下面掘了十多丈深，建了一座新房子，并准备一个长梯子与地面相通。然后颍考叔先去见武姜，告诉她庄公悔恨之意，迎武姜住进地下房中，庄公接着从梯而下，拜倒在地向母亲赔罪。武姜扶起庄公，母子二人抱头痛哭，互相搀扶，欢欢喜喜上来。庄公扶着母亲上车，由自己驾车。人民看到太后、国君一起入宫，拍着手称庄公孝顺，还不知是颍考叔的功劳哩！

孔子不屑与阳货为伍

孔子生于周灵王二十一年（前 551 年），是宋国贵族的后裔。他的父亲名叫“叔梁纥（hé）”，是鲁国的一位军官，原有一个儿子，可是那个儿子是个跛子。为了再得一个儿子，叔梁纥到郰（zōu）邑附近的尼山去求神。

后来，他真的又得到一个儿子。叔梁纥为了感谢尼山的山神，便为这儿子取名“丘”，字“仲尼”。“丘”是小山，“仲”代表次子，“尼”为纪念尼山。这个小孩，就是中国古代最伟大的思想家——孔子。

孔子家境清苦，二十岁时，在鲁国做过“委吏”，那是管理粮食仓库的小官；第二年，又改做“乘田”，也是小官，专门管理牧牛、牧羊。

他从十五岁时，开始发愤读书，到了三十岁，便以博学知礼闻名于当时，许多人向他求学。

当时周天子的声望一天不如一天，孔子非常热切地想改善时局，为社会做点事。他周游列国，想得到机会一展抱负。孔子把自己比喻为一块美玉，要找个识货的好主顾卖一个好价钱。

孔子的真正目的不在求做官，他也不贪图富贵。因此，虽然许多国君想以高官厚禄留住孔子，然而，当孔子发现他们没有倡导“仁”的诚意时，他非但不接受馈赠，而且立刻就离去。有一回，孔子在去陈国的路上几乎饿死，但他仍不改变原则。

那个时候，鲁国的政权落在鲁国三家贵族的手中，他们是“孟孙氏”“叔孙氏”“季孙氏”，历史上合称“三桓”，国君毫无实际的权力。不久，季孙氏的家臣阳货（一名阳虎）发动了一次政变，成为鲁国的独裁者。阳货很早以前就听说孔子的大名，想拉孔子来做官，以抬高自身的威望。然而阳货心里也明白，孔子是不屑与自己为伍的。于是，阳货便想了一个法子。

孔子讲学图，清黎明绘《仿金廷标孝经图》。

他先派人去找孔子，说阳货想见他，孔子当然不理会。接着，阳货又送来一大盘“蒸豚”（煮熟的美味猪肉）给孔子。

根据礼俗，别人送来东西应该要登门道谢。阳货心想，孔子以知礼闻名，该不会连这点人情道理都不懂吧，于是安安心心在家里等孔子上门。

孔子不愿中计，也不想失礼，于是他派了几个学生日夜守候在阳货家门口。趁阳货外出时，赶紧登门拜访，留下一张名片后立刻告退。阳货回家看到孔子的名片，气得半死，却也无可奈何。孔子为了阳货，还发生过一件倒霉事。因为他们二人长得很像，当孔子周游列国，到达匡国的时候，匡人憎恨阳货，曾把孔子关了五天，以为是抓到了阳货。

后来，阳货又与三桓进行一场火并，阳货失败了，季桓子重掌政权。他为了收拾大变动之后的人心，同时也敬佩孔子不肯依附阳货的高尚人格，就向鲁定公推介孔子。鲁定公任命孔子为中部地方行政官，孔子任职一年，极有表现。在各方推崇之下，孔子转任鲁国的司空（管建设的官），不久又转任司寇（管全国司法和治安的官）。他用德去感化人民，用礼去教导人民，结果鲁国的社会非常安宁，做到路不拾遗的地步。

但是，孔子的政治生涯很短暂，因为鲁定公贪爱女色，荒废政事，孔子又求去了。孔子一生的成就在教育上面，他的学生不限于贵族子弟，他对所有一般平民子弟也乐于教导。“有教无类”是孔子所提出的空前主张，对中国文化具有深远的影响。

孔子离开我们已经两千五百多年了，但中国人的政治组织、社会形态、道德观念、人生理想，都深深受到孔子学说的影响。他真是全中国人的老师，因此我们尊称孔子为至圣先师。

墨子用带子打了一场胜仗

墨子名翟（dí），战国初年鲁国人。他出身贫贱，从小学习工匠手艺，善于制造车辆、机械等器物。

他年少时勤读儒家学说，每读完一部书，总要找别人讨论研究。渐渐发展出一种自己的理论，倡导兼爱、非攻、节用、节葬。墨翟门下有许多信徒，形成一种严密的组织，共同为理想而奋斗。

在楚惠王时，有个脑筋很好的工匠，叫公输般，制造了一座攻城的利器云梯献给楚王，并且怂恿楚惠王道：“你不妨利用它来攻打宋国，我保证你一定可把宋人打得跪地求饶。”

墨子听了心想：“这一下又不晓得有多少无辜的百姓要遭殃了。”于是，他立

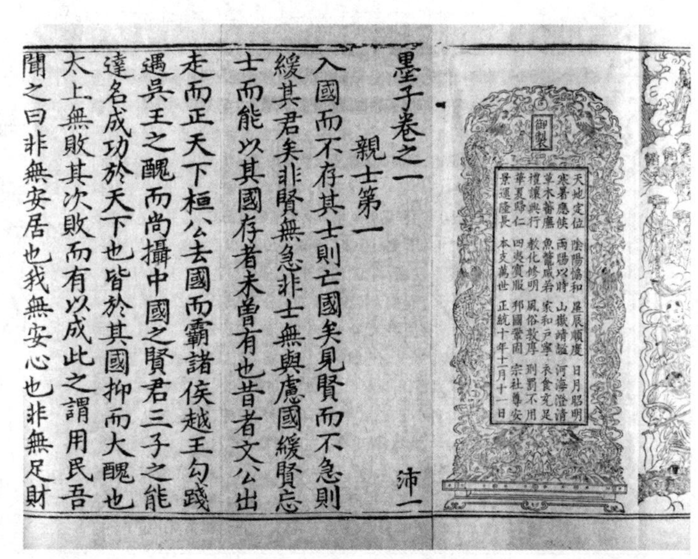

御製

天地定位 陰陽協和 星辰順度 日月昭明
寒暑應候 雨暘以時 山嶽靖謐 河海澄清
草木蕃廡 魚鱉咸若 家和戶寧 衣食充足
禮讓興行 教化修明 風俗敦厚 刑罰不用
華夏歸仁 四夷賓服 邦國鞏固 宗社尊安
景運隆長 本支萬世 正統十年十一月十一日

墨子卷之一

親士第一

入國而不存其士則亡國矣見賢而不急則緩其君矣非賢無急非士無與慮國緩賢忘士而能以其國存者未曾有也昔者文公出走而正天下桓公去國而霸諸侯越王勾踐遇吳王之醜而尚攝中國之賢君三子之能達名成功於天下也皆於其國抑而大醜也太上無敗其次敗而有以成此之謂用民吾聞之曰非無安居也我無安心也非無足財

沛一

《墨子》书影，明《正统道藏》本。

刻动身前往楚国，希望能劝阻楚王的侵略。

他没有钱，买不起车马，只有靠着双腿一步步向前走。太阳很大，他全身黏糊糊的，脚底全磨起了水泡。就这样走了十天十夜的路，他终于在楚王出兵之前赶到了楚国。

墨子虽然是个平民，然而名气不小，立刻就见到了楚王。

在楚王的宫殿里，两人客套了一番。然后，墨子一欠身道："王啊，我碰到一件怪事：有个富翁很有钱，但他放着自己家里漂亮神气的车子不用，反而去偷隔壁人家坏掉的破车；他把绫罗绸缎的衣裳锁在箱里，然后去偷隔壁人家的粗布衣；他家饭桌上每天摆着大鱼大肉不吃，反而去偷人家吃剩了要喂猪的馊饭，你看这人是不是有问题？"

"我想啊，他八成有偷窃癖！"楚王马上下了断语。

墨子瞄了楚王一眼，接着说："那么，现在楚国有五千里土地，宋国只有小小的五百里；楚国盛产丝绸，宋国连粗布都少见；楚国是鱼米之乡，宋国天天闹饥荒。那么，陛下要去攻打宋国，是不是……"说着，墨子偏着头看着楚王。

"这个嘛……"楚王不好意思地笑了起来，说，"当然，你讲得也有道理，但是，"楚王又正色表示，"公输般已经为我造好了云梯，花了那么多钱，总不能不试试看啊！"楚王想起可把宋国完全吃掉的远景，脸上浮起了贪婪的笑容。

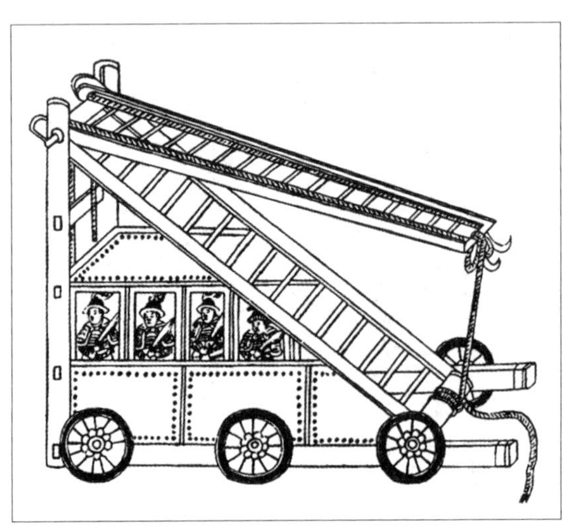
古代攻城的云梯，选自《武经总要前集》。

墨子这时换了一种口气道："王上认为楚国一定能赢？那么有把握？"

楚王笑嘻嘻摸着大肚皮道："哈哈，当然。"

墨子说：“好，那么让我和公输般在王上面前表演一下，看看云梯是不是真的那么厉害，如何？”

楚王说：“好啊，真是太有意思了。”

于是，墨子和公输般用带子作城，用小竹片当云梯，在楚王面前展开“大战”。

开始时，公输般满脸骄傲；接着，当一种种他自以为得意的战术被墨子击破，他的脸色慢慢暗了下来；最后，公输般两手一摊，无可奈何地笑道：“九种战术都用完了。”

墨子便推开竹片站起来说：“可是，我还有许多守城妙法没有用呢！”然后，墨子转身告诉楚王：“王上，我已派了子弟三百人，依照我的守城方法，在宋国等着楚兵呢。”

云梯不如想象中的神奇，楚王觉得很失望，而且很没有面子，当下决定停止出兵。墨子靠着他的机智，加上以实力作为后盾，阻止了这场即将爆发的战争。

孟子见梁惠王

孟子，是孔子以后最有名的儒家代表人物。他名轲（kē），字子舆（yú），山东邹县人。

孟子三岁的时候，父亲就去世了，他的母亲仉（zhǎng）氏，是历史上一位伟大的贤母。最早，孟子家住在坟墓旁边，孟子和邻居小孩天天哭哭啼啼学埋死人的游戏，孟母觉得这样不好，便把家迁到市场附近。哪知孟子又学着商人、顾客讨价还价斤斤计较的样子，孟母认为也不妥，再一次搬家。最后搬到学校附近，孟子果然也学着同学们读书、朗诵诗歌，而且举止彬彬有礼，孟母于是高兴地安居下来。这就是“孟母三迁”的故事。

孟子模仿力强，好奇又好学，曾拜在子思的门下求学。他对孔子最为仰慕，也是最能发扬孔子思想的人。由于孟子学问好，口才更好，所以名声很大。

他和孔子一样，终生在求官做，然而并非求取功名利禄，而是求取施展抱负的机会，实行仁政，为天下百姓造福。当时梁惠王（魏惠王）用厚重的奖赏，征召天下的贤士，并且保证采纳他们的建议。孟子便率领一批学生，到魏国的都城去。

梁惠王一见孟子，直率地问：“先生啊，您不远千里而来，用什么方法能为我们魏国谋取利益呢？”

孟母择邻，民国初年杨柳青年画。图中孟母带着孟子离开旧居，去寻找有好邻居的新居。

孟子一听就摇摇头道：“王啊，何必一开口就说利呢！”他很痛心战国时代人人只为自己，不顾别人，好像率领了一个名叫“土地”的怪兽，吃人民的肉，喝人民的血。因此，他力劝梁惠王实行“仁政”，不要尽在“利”上动脑筋。梁惠王认为孟子不切实际，虽然对他非常礼遇，却没有实现诺言，让他施展抱负。孟子只好离开魏国到齐国去。齐国的人，久仰孟子的大名，对他很有兴趣；齐宣王居然派人偷看孟子，想要知道他长得到底有什么与众不同。孟子晓得了啼笑皆非地说：“怎么会有什么不一样？就是尧舜也长得和众人一般啊。”可惜齐宣王只对他好奇，没有请孟子当政的意思。

有一天，齐宣王在朝廷上看到一只正要用来祭祀的牛，缩着头，流着泪，全身发抖。齐宣王觉得它怪可怜的，便下令“用羊代替”。孟子认为齐宣王天良未泯，乘机开导他：“其实，羊还不是挺可怜吗？”并且以此为例，希望齐宣王怜悯天下百姓，多替百姓做些事。然而，齐宣王却听不进去。

不论孔子或孟子，都有一股“明明知道做不成功，但因为这件事是正确的，便努力做去”的“傻劲”。孟子虽然一心想谋发展，但要他用卑鄙的手段去骗个一官半职，他是绝不肯的。所以，孟子一生未曾做过高官。

《孟子》这本书的内容共分为七篇，篇名是《梁惠王》《公孙丑》《滕文公》《离娄》《万章》《告子》《尽心》。这七篇的篇名很奇怪，其实，并没有什么意思，只是把每一篇的第一句拿来做篇名而已。例如《孟子》的第一篇的第一句是“孟子见梁惠王”，于是，便把“梁惠王”当作第一篇的篇名。其他每篇都是如此。

在每一篇中又分为许多章，例如《梁惠王》篇有二十三章，《公孙丑》篇也有二十三章，“章”就是“段”，每一章叙述一件事。

南宋有一个很有学问的人，名叫朱熹（xī），他把《孟子》《论语》《大学》《中庸》合称为四书，明清的考试都以考四书为主，所以，《孟子》便成为当时人人必读的书了。

《孟子》这本书是记载孟子对人性、政治、教育、行为标准的看法，书中最重要的思想是“性善”。在战国时代，有个名叫荀况的人主张“性恶”，必须用后天的教育来匡正。

孟子曾经举过一个小例子，用来证明人性本善：假如你看见一个小孩子在井旁边玩，一不小心，那小孩几乎就要跌到井里去了，你心里会感觉怎样呢？你一定会替小孩担心，赶快跑过去，把他抱起来，放到安全的地方。你不认识小孩的父母，也不是为了得到他父母的感谢，更非为了博取朋友的称赞，只不过因为你本心是善的。这证明了人性本善。

孟子说故事

在《孟子》这部书里，记载了好几个孟子讲的故事，都寓意深刻，且十分有趣。下面介绍三则孟子讲的故事：

（一）子濯（zhuó）孺子的故事

在中国历史上的春秋时代，黄河流域与长江流域一带分立着许多小国，常常发生战争。

有一次，郑国准备侵略卫国，郑国便派大夫子濯孺子领兵去攻打卫国。

不久，郑国的军队吃了败仗，子濯孺子匆匆忙忙带着郑国军队向后撤退，卫国的大军在后面追赶，情势相当危急。

更不幸的是，子濯孺子偏巧在这时生了病，眼看着卫军就要追上郑军了，子濯孺子一个人坐在车子里，忧虑万分地自言自语："唉，真是不幸，我手脚发软，连弓都拿不动，这一回是死定了。"

从车中望着卫国的追兵愈来愈近，子濯孺子哀伤地问马车夫："你可看得见是谁在追我们吗？"

"是卫国的大夫庾（yǔ）公之斯。"

子濯孺子一听之下，立刻转忧为喜道："我们得救了。"

马车夫以为他神志不清了，转回头说："庾公之斯乃是卫国著名的弓箭手，本领高超，万无一失，你难道没听说过吗？"

子濯孺子有把握地说："庾公之斯的射箭本领是向尹公之他学的，尹公之他的本领又是向我学的。尹公之他是个很正直的人，他的朋友必然也是一个很正直的人，一定不会忘记他的射箭本领是传授自我的，怎会乘我之危来害我呢？”

一会儿，庾公之斯果然追到了郑军，看见子濯孺子坐在车里，便恭敬地问：“老师为什么不拿出弓箭来？”

子濯孺子回答：“我今天病了，拿不起弓，也射不动箭。”

庾公之斯很礼貌地说：“我的射箭本领是向尹公之他学的，尹公之他的射箭本领是向老师您学的，我怎么忍心用您老传授的技艺来害您。但是，我今天奉了国君之命前来追赶您，我又不能违背国君的命令。”

于是，庾公之斯把箭扣在弦上，却把箭头给取了下来，向子濯孺子射了四箭，然后，便领兵回去了。

因为庾公之斯的箭没有箭头，子濯孺子没有受伤，平平安安回到了郑国。

（二）王良驾车

赵国有一个驾马车技术极好的人，名叫王良。有一天，赵国国君赵简子叫王良替他宠爱的臣子奚驾车打猎。

奚的技术不佳，耗了一整天，连一只鸟也没打着。奚很生气，向赵简子怪罪王良：“王良的驾车技术真是天底下最坏的了，害得我白白浪费了一整天。”

有人把奚的话告诉王良，王良很不服气，要求奚再乘他的车打一次猎。奚其实知道自己打猎技术不佳，不肯再试。拗（niù）不过王良再三恳求，奚才勉强答应再来一次。

这一次打猎，出乎意料的成功，一天就射到十只鸟，奚向赵简子说：“王良的的确确是天下驾车技术最好的人。”

赵简子说：“那么以后，我就叫王良专门替你驾车好了。”

但是，说也奇怪，王良不肯答应。他解释道：“我驾车有一定的规矩，我和奚第一次去打猎，奚的技术不佳，空手而归，却怪我驾车的技术不好。第二次打猎，我放弃驾车的规矩，帮助奚找鸟兽，这才打到十只鸟，于是，奚称赞我驾车的技术优良。像奚这种人，做事不依靠自己的本领，要别人帮才行，实在不是一个正直的人，所以，我不愿意为他驾车。”

（三）齐人的故事

齐国有一男子，娶了一妻一妾，住在一起。齐人每次出去，总是喝了许多酒，满嘴油腻地回家，夸说又跟了什么富贵之人一块儿大吃大喝。

妻子有一回对妾说：“我们的丈夫每次出去都是酒醉饭饱归来，我问他和哪些人一块儿吃饭喝酒，他所说的都是有钱有地位的人，可是，我们从没有看见什么显赫的人到家里来，我想找个机会，悄悄地跟在他后面，看他究竟到哪里去。”

于是，有一天，妻子一早起来，暗中跟在丈夫身后。她跟着丈夫走了不少的路，可是，走遍全城，竟没有一人与她丈夫打招呼。

最后，她丈夫走到东门外的墓地，墓地里有许多人正在供着酒肉祭祀祖先。她看见丈夫向一家祭祖的人乞讨一些吃剩的饭菜，吃完了又向另一家去讨。她这才恍然大悟，原来丈夫所说的都是谎话。她回家告诉妾：“我们是要一辈子依靠丈夫过活的，哪知道他竟是这样的人。”于是，两人把丈夫痛骂一顿，并且在庭院内相对流泪。

不久，齐人回来了，因为他不知道自己的谎话被拆穿了，所以仍旧得意洋洋地自我夸耀。

汉代《御车图》，佚名绘，洛阳朱村壁画。

上面三个故事都有很深的意义。“子濯孺子的故事”是说学生对老师应当尊敬；“王良驾车”是告诉我们要依靠自己的能力做事；“齐人的故事”是奉劝人们不要假充面子。

孟子周游列国

孟子被尊称为亚圣，是儒家的代表人物。他和孔子一样周游列国，想一展抱负实行仁政。

孟子到齐国不久，齐宣王的父亲死了。齐宣王是个贪好酒色的人，想缩短三年的丧期。孟子的学生公孙丑问：“我想劝齐宣王改服一年的丧，总比不服好些吧。”孟子不以为然，他说：“这就像有人想拗（ǎo）扭他哥哥的手臂，你劝他轻轻拗一样，还不都是拗扭了吗？算了，不劝也罢，还不如教他一点孝悌的道理。”

这个时候，齐国伐燕得胜，齐宣王跑去请教孟子道：“你看，我不到五十天就把燕国打垮了；如果单靠兵力，不至于这样快，一定是老天帮忙。如果我不占领燕国，老天一定会处罚我。”

孟子见他如此胡言，真是不可理喻，知道劝阻也没有用。其他诸侯惟恐齐国力量太大，便联合救燕。这下子齐宣王慌了，又来找孟子想办法。孟子建议他，趁各国诸侯未行动，赶紧释放燕国老少百姓，留下燕国的金银财宝，替燕人立一贤君，然后班师回国。

齐宣王想想不甘心，正在犹疑不决的时候，燕国人奉太子平为王，起兵叛齐。齐宣王这时很后悔，对左右说：“我从来不听孟子的话，想起来真是太惭愧了。”然而左右却替齐宣王掩饰，反说这不是齐宣王的错。孟子晓得齐国不能行大道，他留在齐国迟早会被这批小人排挤，于是就辞去客卿的职位，准备离开。

孟子，佚名绘。

要走之前，齐宣王赶来送行，表示愿意拨一栋大房子给孟子，并且每月送他许多钱，供他和学生们使用。孟子知道，齐宣王表面上说得很动听："使齐国人能上下都尊敬你、效法你。"其实呢？他不过想借孟子的名声来增加自己的威望，孟子当然不会答应。

孟子离开齐国以后，就有人传播孟子的坏话："孟子如果不晓得齐王当不成商汤、武王，就是个笨蛋；他晓得齐王是块什么料，居然还不远千里而来，可见是贪图富贵。后来因为意见不合离去，又不马上走，在昼邑住了三天三晚才离去，这样难舍富贵，真叫人恶心。"

孟子听了叹口气道："这些人哪里能了解我呢？去见齐王，是我自愿的；离开齐王，却是被迫的啊！我拖了三天才走，是希望齐王能悔悟赶来挽留我。齐王本性还算善良，如果他肯用我行仁政，天下百姓都有福了，我哪是为图名利呢？"

接着，孟子又转往宋国求机会。他不计较外界的误解，也不因再三的失败而气馁（něi），该做的，他尽力去做；当说的，也勇敢地说。此时宋国有个大夫准备向宋王建议，"免除关卡和市场上的捐税，今年还办不到，那就把旧税先减轻一点，明年再正式废除"，并请教孟子的看法。

孟子的回答是："这就像有个人每天偷邻居的一只鸡，有人告诉他这件事不应该，他说：'这样吧，我每月偷一只鸡，明年就洗手不干了。'既然明明知道错了，干吗要等到明年？"

之后，孟子又到了滕国、鲁国，都没有得到发展的机会，因为当时的国君都欢喜用纵横家。孟子曾批评张仪等只知谄（chǎn）媚君王，讨好君王，不顾人民的福利，十分无耻。因此一有机会，孟子就和这些人辩论。他口才好，雄辩滔滔，当时有人就说："孟子这个人啊，就是欢喜和别人争个没完。"孟子听了，哭笑不得，他有一句名言："我哪里是喜欢辩论呢？我是不得已的啊。"但是，又有几个人了解他的苦心呢？

并且他认为，做君主的人该任用专门人才，让他们发挥才干，不要干涉太多。他曾举了一个例："假如君王有一块璞玉，虽然价值万两黄金，也一定会命玉工去雕琢；而治理国家，却告诉专家'暂且把你所学的丢开，统统照我的意思做'，这不是很奇怪吗？"

孟子主张仁政，仁政就是爱护老百姓的政治。有一回邹国和鲁国打仗，邹穆公问孟子道："我的官吏在这次战争中死了三十三个，老百姓却不肯拼死作战。如果把那些老百姓杀掉，人实在太多了，没法全杀；如果不杀，那些老百姓眼见他们的长官死去而不救。这要怎么办才好呢？"孟子回答："当收成不好的时候，你的老百姓中那些老弱的人死得太多，连沟壑（hè）里都是尸体；年轻的人逃到别处去，已经有几千人了。但是你的仓廪（lǐn）中储满了粮食，你的府库中堆满了金银兵器，官吏却不肯告诉你老百姓困苦的情形。上面的官吏骄傲，于是残害了下面的老百姓。曾子说过：'你要警戒，一件事从你身上做出来，也一定会还报到你身上的。'老百姓今天才有机会把官吏的残忍毒害还报给官吏，你不要责备老百姓。如果你实行了爱护人民的政治，老百姓就会亲近官吏，肯为长官卖命了。"

由于仁政是崇高的理想，实行起来不容易，所以，当时各国国君都不愿奉行孟子的主张，当然也就不肯重用孟子了。

庄子不屑做官

庄子名周，宋国人，大约与孟子同时。他各种学问都研究过，口才又锋利，要取得富贵易如反掌。然而，庄子对功名利禄毫不动心，他厌恶战国时代诸侯彼此攻伐，也看不惯逢迎吹拍去谋一官半职的读书人；加上连年荒旱，百姓流离失所，庄子更向往超脱现实世界。但他家里很贫苦，不得不在家乡做个“漆园吏”，就是管理林园的小官。

他有一个老朋友——惠施，当时在梁惠王（魏惠王）身旁当宰相。梁惠王是个野心勃勃的诸侯，网罗了许多贤人作为发展势力的顾问。因此，当庄子要去看惠施时，就有人提醒惠施：“庄子一切都比你强，你的宰相恐怕做不成了。”

惠施自知比不上庄子，所以急忙先在魏国搜查，捉拿庄子。没想到，庄子优哉游哉自己送上门来了，他对惠施笑道：“听说你下令逮捕我？”

惠施不好意思地忙作揖：“哪里，我是怕你到了魏国不肯见我。”

庄子问他：“你知道南方有一种叫鹓鸰（yuān chú）的鸟吗？它时常在南北方之间飞来飞去。这种鸟很特别，在漫长的旅途中，它不遇到梧桐树，再累也不肯休息；找不着甜的泉水，便不喝水；没有楝（liàn）果，饿死也不吃东西。有一天，它飞了一半，看到一只难看的猫头鹰，口里衔着一只臭烂的死老鼠，那猫头鹰以为它要抢自己的食物，急得要死，想把鹓鸰赶跑。其实，鹓鸰根本对死老鼠不屑一顾！”

庄子，选自《历代名臣像解》。

惠施知道庄子在讽刺自己是猫头鹰，觉得怪不好意思的；可是想到庄子认为宰相的高位就像死老鼠，心情又愉快了。因此，他便放心地带庄子去见梁惠王。

梁惠王看到庄子穿了一件全身缝补丁的大褂，拖着没有跟的破鞋，同情地说："先生怎么这样狼狈潦倒？"

"大王，"庄子抬起头正色说，"我是贫穷，不是狼狈。人有了道德不能实行抱负才是潦倒。您看过猴子吗？当它在大树上面，手拉着树枝活蹦乱跳，真是神气，连后羿都射不到它。但当它在腐朽的坏树上，它便缩着身子，怕得发抖，担心一不小心掉下来。这不是猴子筋骨出了毛病，而是环境太坏，就像我处在国君臣子上下昏庸的时代里，怎么不狼狈？"

梁惠王被抢白一顿，气得不再见他。庄子本来没做官的意思，就回宋国去了。没想到楚国使者却来请他。庄子当时正在钓鱼，也不理会人家，一个劲儿地拨弄鱼饵，慢吞吞地说："听说贵国有只大神龟死了三千年，楚国用锦缎把它包着，供在太庙，遇国家有要事，便占卜问吉凶。请问：神龟是愿意死了被人当国宝，还是想活着拖着尾巴在烂泥里爬行？"楚国使者知道庄子自比神龟，无意做官，也只好匆匆告别。

从此，他更鄙视富贵，靠编草鞋为生。就在此时，他另一个朋友，奉宋王命去出使秦国回来，领着秦王赏的一百辆车子，到庄子面前显威风道：

“哎，我这人要是住在破巷，靠着编几只草鞋过日子，我没这份能耐；要我用三言两语打动国君的心，倒也不难！嘻……嘻……”

庄子冷笑道：“听说秦王病了，下令求良医，凡能替他洗烂疮口、消除肿脓的，赏车一乘（shèng）；替他用舌头舐痔疮的，赏车五乘。敢问，你舔了多少痔疮?”

他这话当然是讽刺、反击那位自大的朋友。也许庄子的言语过于刻薄，然而对战国时代那些忘恩负义、惟利是图的人来说，实在也不算过分了。

庄子的寓言

庄子是战国时代的大思想家，他对于世俗的荣华富贵和功名事业毫不动心。他的个性，和当时的功利社会距离很远，所说的话，人家也不欣赏，所以他只好用寓言把思想表达出来。

庄子放浪不羁（jī），他自己倒无所谓，可是不忍心家里的人跟着一起挨饿。不得已，庄子赖着脸皮到地主家中借点儿米救急，没料到那个吝啬的地主说："这样吧，等过几个月，我收到田租以后，借你两百两黄金。"

庄子听了，脸色一变说："我刚才到这儿来的时候，听到救命的声音，原来是一条小鲫鱼掉在干涸（hé）的小沟中，我问它：'你要干什么？'

"小鲫鱼淌着眼泪告诉我：'我是东海龙王宫里的大臣，不幸流落到这里，麻烦你给我一盆水救我一命。'我说：'这样吧，我到南方游说吴王和越王，请他们发动全国民众，引导长江的水来救你。'

"小鱼说：'我只要一盆水就可以活命了，而你用这种鬼话敷衍我。等你去了吴国、越国一趟，我早就挂在市场的干鱼铺中了。'"说完，庄子就头也不回地走了。

他的妻子就在这种营养不良的状况下去世了。惠施跑来，看到庄子坐在地上，敲着瓦盆大声唱歌，惠施忍不住大骂："她跟了你老兄一辈子，为你生儿育女。现在她死了，你不哭也就算了，居然还唱歌，未免太没心肝!"

庄子摇摇头道："你不晓得，她刚死的时候，我非常哀伤。后来一想，她本来是没有生命的，非但没有生命，而且没有形体；偶然投胎在世界上，现在又死了，也许又回到她出生以前的地方，就像春夏秋冬轮回转换一般。古代有个美女丽姬，晋国人要迎娶她的时候，她哭着要上吊；等她进入宫中，睡舒适柔软的床，吃美味多汁的羊肉，十分后悔当初哭哭啼啼。所以我妻子说不定死后很快乐，我却坐在她身旁为她大哭，真不知为何。”

敲碎瓦盆不再鼓，伊是何人我是谁。中国古代版画。

他把一切都看得很开，认为人生就像梦一般，不必刻意追求什么。有一天，他自己做梦，梦中变成一只蝴蝶，很快乐地飞舞着。突然间醒了，一时之间，他搞不清自己是蝴蝶还是庄子，是梦境还是真实。他因而觉悟，没有人敢说生存是否快乐。在梦中饮酒作乐的，早晨起来碰到伤心事；在梦中痛苦的，早晨起来却有打猎的快乐，所以他主张知足常乐。

他像浮云，像流水，反对干涉，崇尚自由，主张一切放任。就如同水鸭脚短，它不觉得短，哪一天把脚接长了，反而痛苦；鹤鸟脚长，它不觉得太长，万一砍短了，它要悲哀了。像古代有三个帝王：南海、北海和中央王。中央王叫浑沌（dùn），浑沌待人很不错，所以南海、北海就商量：“人都有七窍，用来听、看、呼吸，浑沌真可怜，一样都没有，让我们替他凿开。”于是一天为他开一个窍，到了第七天，窍开好了，浑沌也一命呜呼了。

在庄子的脑海中，一切都是相对的，他常对弟子说下面这个故事：

庄子梦蝶，元刘贯道绘。

有一回，他到果园里去玩，看到一只鸟儿远远飞来，就拿着弹弓悄悄躲在一旁。这时有只螳螂正准备捕杀藏在树叶中的蝉，而那只鸟儿又刚好对螳螂虎视眈眈。庄子心想："鸟儿还不知它背后有我的弹弓。"由此他领悟到"万物本就是相互牵累，彼此两两相互招引"。螳螂如果不贪心抓蝉，鸟儿就不能乘机去捉螳螂；鸟儿如果不是贪心想抓螳螂而飞下来，庄子也没法去射它。因此他推出一个结论——利与害本来是相对又相依的。

战国时代学术兴起，诸子百家也相互攻击，庄子认为这种争论太无聊，如同猴子般可笑：主人告诉猴子，早晨吃三升果子，晚上吃四升果子，猴子生气，吱吱喳喳乱嚷；于是主人便让猴子早晨吃四升，晚上吃三升，猴子以为占了便宜，便快乐极了。那些争辩不休的人就像那无知的猴子。以树木为例，被砍下来是破坏，破坏的反面是造成桌子，这又是成功；就看你是从树木还是从桌子的角度来看事情了。

庄子到了要死的时候，听到弟子们商量如何好好办后事，便把弟子们统统叫到跟前："我有天地作棺材、日月当油灯、星辰当珍珠，这些美丽的装饰都是我的陪葬品。丧葬用品很完备了，你们甭操这个心。"

他学生问："没有棺材，我们怕乌鸦和老鹰吃掉你的尸体。"

"抛在露天，送给乌鸦老鹰吃；埋在地下，送给蝼蛄（lóu gū）蚂蚁吃。你们一定要抢老鹰、蚂蚁的食物，是不是太偏心了？哈哈！"

庄子一辈子过着穷日子，把生命注入宇宙万物中自以为乐。他和他的后学把他们的思想写成一部《庄子》。后来《庄子》和老子的《道德经》成为两本代表道家思想的伟大巨著。

荀子的小故事

春秋战国时代是我国学术史上的黄金时代，这期间出了许多伟大的思想家，像孔子、孟子都是大家所熟悉的。但是还有许多学者如荀子、庄子、老子、韩非子等，也在学术界占有重要地位。

荀子从小就非常聪明，十岁已有神童美誉，学问很好，长大后曾北游燕国，但是很可惜，没被燕王赏识。到他五十岁时，由于齐襄王招纳贤士，许多学者都前往齐国讲学，加上齐国以藏书丰富出名，所以荀子也被吸引前往齐国。

荀子在齐国待了几年，很受齐王尊敬，被封为“列大夫”，当了齐国的顾问。因为他年纪比较大，学问又好，因此他在五十三岁到七八十岁间，曾三度被众人推选为“祭酒”。每当国家有重要的宴会或祭典时，就由祭酒出面先举酒以祭（所以现在形容文坛、文化界有领导地位的人为“祭酒”）。有些气量狭小的人，眼看次次都是荀子当祭酒，不免眼红，到处说荀子的坏话。齐王听信谗言后，渐渐和荀子疏远。荀子是个有骨气的人，不愿再留下去，就决定离开齐国。

这时，他已是八十一岁的老翁了，不知往哪儿去，心情沉重万分。听说楚国春申君爱好贤士，他决定到楚国去。春申君仰慕荀子美名，决定请他担任“兰陵令”。荀子年纪大了，不想再过飘泊的生活，便答应了。

没想到荀子运气坏得很，春申君有位门客进谗言说：“商汤以亳（bó）

荀子卷第一

唐大理評事楊倞註

勸學篇第一

君子曰：學不可以已。青取之於藍而青於藍；冰水爲之而寒於水。以喻學則才過其本性也 木直中繩，輮以爲輪，其曲中規，雖有槁暴，不復挺者，輮使之然也。輮屈槁枯暴乾挺直也 晏子春秋作不復贏矣 故木受繩則直，金就礪則利，君子博學而日參省乎已。

《荀子》书影

为根据地，周武王以镐（hào）起家，都不过拥有百里之地，结果统一天下。现在你给荀子一百里地，他又是天下有名的贤人，你不怕吗？”春申君考虑之下，终于辞退荀子，荀子也懒得去解释，拖着蹒跚（pán shān）的步伐又上路了。

他经过秦国，拜见了秦昭王。此时秦昭王正和范雎（jū）设计“远交近攻”的阴谋攻伐天下，对荀子讲的大道理提不起一点兴趣，荀子只好回到赵国。

春申君赶走了荀子又后悔，加上有人责备他：“从前，伊尹去夏入商，不久夏朝灭亡，商朝兴起；管仲去鲁入齐，于是，鲁国衰弱，齐国高强，能干的封君应该懂得任用贤人。”春申君派人到赵国三请四请荀子，并且再三赔不是，最后拗不过春申君的好意，荀子又回到楚国当兰陵令。后来春申君死了，荀子也九十八岁了，就辞了官，写了三十二篇文章，这就是传留后世的儒家名著——《荀子》。

孟子主张性善，荀子主张性恶，因此有人误会荀子不是好人，其实绝对不是如此。他们两者都是发扬孔子思想的大儒，只是看法有异。

荀子认为：一个人眼睛贪图美色，耳朵喜欢好听的音乐，舌头爱好美味。想吃、想玩、好逸恶劳，这都是人的天性，所以人才有七情六欲。这些天赋自然的本能并不是不好，可是如果依人天性顺其发展，必然会引起争夺暴虐，这个世界便成为自私恐怖的世界了。

所以人们要想办法压抑这些本性，提倡礼让、仁爱等道德标准，否则就会像挤在一起的刺猬般彼此刺戳。所以一切的善都出于“伪”，伪的意思就是“人为”，也就是后天的改造。所以他最重视“教育”和“礼乐”，认为只有如此才能矫正先天的坏习性，培养好品行。

荀子认为：礼是社会上自然形成的公共法则，每个人都得遵守，不能选择，不许怀疑。在他担任兰陵令时，李斯、韩非都曾拜在门下，以后这两个学生把荀子学说发扬光大成为法家思想。

石碏杀子大义灭亲

春秋时代卫庄公有个小儿子州吁（yù），性情暴烈，喜欢动刀耍枪，但庄公很宠爱这个宝贝儿子。卫国大夫石碏（què）也有个儿子叫石厚，和州吁是好朋友，两个人常常结伴出游，专门找老百姓的麻烦，弄得怨声载道。石碏气坏了，狠狠打了石厚五十大板并关在空房里。没想到石厚偷偷爬墙出去，躲到州吁房中，吃住在一块儿，干脆不回家了，石碏也无可奈何。

卫庄公死了，太子完（史称“卫桓公”）即位，州吁不服气想抢王位。这时刚好周平王去世，卫桓公要去吊丧，石厚便建议州吁利用这个机会行刺。

第二天，州吁在西门设宴为哥哥卫桓公饯行，暗地里却派石厚率领五百名兵士埋伏一旁，然后虚情假意地亲自驾车来迎卫桓公。酒宴开始，州吁起身向卫桓公敬酒。州吁装作不小心失手使酒杯落地。卫桓公不知其中有诈，正想叫人换个干净的酒杯时，州吁快步闪到卫桓公身后，抽出短剑用力猛刺，卫桓公当场一命呜呼，埋伏的兵士也乘机制伏卫桓公的卫士。州吁却对外宣布卫桓公是饮酒时暴病而死。

州吁继位做国君，但是百姓们议论纷纷，都在传他杀兄夺王位的事。州吁心中很不安，和石厚商量决定讨伐邻近弱小的郑国，转移百姓的注意力，并加强百姓们的向心力。谁知当州吁把郑国打败，得意洋洋回国后，人民依旧讨厌他，并且埋怨州吁出兵打仗，使国内不太平，增加老百姓的负担，真是个坏君主。诡计仍未收到预期效果，州吁因此大伤脑筋。

石厚说：“我父亲石碏以前是卫国的上卿，老百姓都信服他。你要是有办法邀他出来做官就好了。”州吁派人带了一双白璧（平圆形中间有孔的白玉），五百钟白粟［稻麦等果实，未舂（chōng）之前称粟］，请石碏入朝议事。石碏不肯，推说自己年老体弱。石厚也回家帮忙游说（shuì），请父亲一定要帮忙，石碏就说：“如果州吁能见到周天子，由周天子正式册命为国君，人民还有什么话说？”

石厚认为这个主意很不错，可是，无缘无故入朝，周天子会起疑心。石碏道：“不妨请陈国代为疏通一下。陈侯现在很得周天子信任，前阵子又帮我们出兵打郑国，不妨一试。”州吁知道了，马上准备厚礼，命石厚护驾，自己亲自起程前往陈国进行计划。

石碏其实并不想帮州吁的忙，他割破手指，写了一封血书，派了个心腹，连夜把信送到陈国大夫手中。信上说：“卫国不幸有杀君之祸，这是州吁和我的坏儿子石厚干的，请你帮忙杀掉乱臣贼子。”陈侯接信后，立即制订抓这两个坏人的计划。

州吁和石厚到了陈国，昂然神气大摇大摆地进城，陈侯也命公子出迎，把他们安置在宾馆中，盛意招待。州吁看到陈国多礼殷勤，非常高兴。

第二天，石厚先去参拜陈国的太庙，一进门，发现门口钉了一块牌子，写着：“为臣不忠，为子不孝者，不许入庙。”石厚看了心虚，吓得心怦怦乱跳，州吁跟着也来了，相偕入庙。突然，陈侯手下把州吁抓住绑起，石厚急忙拔剑，心慌拔不出剑，也被捕。陈侯当场宣读石碏的血书，他们两人才知道怎么回事。

陈侯打算立刻杀掉二人，他的臣子力阻：“石厚是石碏的亲生儿子，他舍得吗？最好请卫国派人来处理，免得将来又怪咱们。”于是，陈侯送了个口信给石碏。

石碏接信，立刻请大夫们共同讨论，如何议罪，许多大臣都说：“杀州吁就可以了，石厚是帮凶，可从轻发落。”石碏大喝道：“州吁干的坏事，全是我儿子出的主意！你们是不是怕我偏私舍不得？我要亲自去宰了这个贼，否则我有什么面目去见九泉下的祖先？”于是，石碏一面派人杀州吁、石厚，一面迎接在邢国的公子晋回来做国君。这就是“大义灭亲”这个成语的起源。

程婴义救赵氏孤儿

在京剧里有一出戏叫《八义图》，又名《搜孤救孤》，是讲程婴义救赵氏孤儿的故事，这个故事并非虚构，在《史记》中有相当详细的记载，这个故事表现了中国人重“义”的精神。故事是这样的：

春秋时代，晋国的国君晋灵公骄恣（zì）无道，大夫赵盾屡次劝谏，灵公非但不听，反而要杀赵盾。赵盾赶忙逃出京师，还没有逃出晋国的国境，赵穿便杀死了晋灵公。赵盾得到消息，立即赶回京师，另立姬黑臀（史称“晋成公”）继位。当时晋国几位大夫一起商议赵盾是否要负灵公之死的责任，最后认为赵盾当时不在京师，灵公被杀应与赵盾无关，所以赵盾没有罪。

不久，晋成公薨（hōng），子姬獳（史称“晋景公”）继位。赵盾也去世，其子赵朔袭大夫之位。由于有战功，赵朔娶了晋成公的姊姊（也就是晋国的公主）为妻。

晋景公三年（前597年），晋国另一个大夫屠岸贾（gǔ）当权。屠岸贾最初受到晋灵公的宠爱，权势渐大，到景公时，屠岸贾担任晋国的司寇。他很想消灭大夫赵氏的势力，于是召集晋国的主要将领宣布道：“灵公被杀，赵盾虽不知情，但是，赵穿也是赵家的人，赵盾仍要负责。以臣弑（shì）君，赵氏的子孙怎么还能立于晋国的朝廷？我们应该诛杀赵家的人。”

有位叫韩厥的大夫不同意屠岸贾的说法，韩厥说：“灵公被杀，赵盾在外，不知其情，当年我的父亲认为赵盾无罪，所以不处死。现在各位将军要杀赵盾的后代子孙，这和先父的意思相反，各位要杀无罪之人便是乱臣，各位做如此重大的事，竟然不报告国君，这是目中无君。”

屠岸贾不理会韩厥的反对，率领诸将准备去诛杀赵朔。

韩厥抢先一步来到赵朔家里，要赵朔赶快逃走，赵朔不肯，对韩厥说：“生死有命，我感谢你的好意，但我有个请求，求你无论如何要为赵家保全后根。”韩厥答应了。

屠岸贾带领诸将攻入赵氏的城邑——下宫，杀了赵朔和赵家所有的族人。当时赵朔的妻子正怀着孕，事先躲到晋景公的宫里，成为赵家唯一的活口。不久，赵朔的妻子在宫中生下一个男婴，屠岸贾听到消息，立刻入宫搜索。

屠岸贾不能杀赵朔的妻子，因为她是晋景公的姑姑，但是，他想要杀掉那男婴，斩草除根，以绝后患。

赵朔的妻子得知屠岸贾进宫来搜孤儿，焦急万分，但是，找不到隐密处藏孤儿，在紧急之中，只好把男婴藏在自己的裤裆内，心里默默地祷告：“如果老天爷保佑赵家不灭种断根，请千万别让孩子啼哭啊。”

屠岸贾走进赵朔妻子的房间，婴儿竟没有啼哭，屠岸贾没有搜到孤儿，只得悵悵而返。

赵朔有两个朋友，一个叫公孙杵（chǔ）臼，一个叫程婴。有一天，两人在一起聊天，公孙杵臼问程婴道：“下宫之难，你为什么不跟从赵朔殉难？”

“我听说赵朔的妻子生下一个儿子，我想，救他，比单纯去殉难更加重要。”程婴回答道。

“听说屠岸贾进宫去搜过，但是没有搜到孤儿。”公孙杵臼说。

“一次没搜到，屠岸贾会再去搜的，我们应该怎么办？”程婴忧虑地说。

“抚养孤儿和死，哪一种较难？”公孙杵臼问。

“一死百了，当然比较容易，抚养孤儿，把小孩带大却难了。”程婴用怀疑的眼光看着公孙杵臼。

赵氏孤儿大报仇，黄吉甫镌刻。

公孙杵臼用冷静而坚定的语调说：“赵朔在世之时对你很好，你就勉强接受较难的任务吧！我就选择比较容易做到的——死。我先死，我在九泉之下静静地等候你完成任务。”

于是，两人着手安排救孤的计谋。

先是公孙杵臼设法找到一个婴儿，抱到山中的一个木屋中躲了起来。

接着，程婴进宫向赵朔的妻子表示自己愿意救孤儿。赵朔妻子知道屠岸贾随时都会再进宫搜索，孤儿在宫中随时都有危险，将孤儿交给程婴虽然不放心，可是，总比被屠岸贾搜去好些，于是，忍痛把孤儿交给程婴，偷偷带出宫去。

屠岸贾听说孤儿已出宫，但不知被何人所救，立刻下令全国搜索。

程婴随后对诸将说，他知道赵氏孤儿的下落，如果给他千金，他就透露这个秘密。诸将大喜，立刻给程婴千金。程婴便带诸将到山中，寻到公孙杵臼的住处，果然搜出一个婴儿。

“程婴啊！”公孙杵臼假装愤怒，大骂道，“你这个畜生，赵朔待你不薄，你竟然做出这种出卖朋友的事。”

公孙杵臼转过头来向诸将求情：“各位将军，赵氏孤儿没罪，就请各位高抬贵手，放他一条生路，各位要杀，就杀我好了……”

诸将不肯，就将公孙杵臼与婴儿一起杀死。

屠岸贾得到报告赵氏孤儿已死，便放了心。其实，赵氏孤儿仍然活着，程婴正细心地抚养孤儿。

十五年过去了，韩厥知道孤儿仍在，已取名赵武，长得强壮英勇。于是，韩厥悄悄地会见了赵武，并且决定为赵氏报仇。

在韩厥的安排下，赵武率领军队攻打屠岸贾，将屠岸贾杀死。晋景公得到报告，知道赵朔冤死，便任命赵武为大夫，继承赵朔的爵位。

眼看着赵武长大成人，又报了大仇，程婴便对赵武说："当年屠岸贾杀害你全家的时候，你父亲的许多朋友都殉难，我却没有死，这不是我怕死，而是我觉得我要负起救赵家孤儿的责任。现在，你已长大，又报了大仇，继承了你父亲的爵位，我的任务已经完成，我要到九泉去向你父亲和公孙杵臼报告了。"

"不要！"赵武跪在程婴的脚下，痛哭流涕，"我愿意侍奉你一辈子，你难道舍得下我吗？"

"孩子，你不知道。"程婴眼中含着泪水，脸上却露着微笑，"当年公孙杵臼认为我能完成任务，所以先我而死。现在，我忍死十几年，终于完成任务，没有辜负他的托付，如果我不到九泉去向公孙杵臼报告，他还以为我没把事办成呢！"最后程婴还是自杀了。

伍子胥急白了胡子

楚平王是春秋时代以好色著名的君主。有一次他发现儿子要娶的媳妇是一位绝色美人时，竟然偷偷掉包，纳为己有，并且准备把儿子远派到北方去。忠臣伍奢（shē）苦苦劝谏，楚平王恼羞成怒，反指伍奢有谋叛之心。伍奢的两个儿子——伍尚、伍员都是一等人才，平王担心他们会报父仇，因而不敢马上杀伍奢。

于是，楚平王骗伍奢道："你教太子谋反，本当斩首示众，我念及你祖父有功于楚国，不忍杀你，你写信把两个儿子召回，我赐你归田，授子官职。"伍奢明知是鬼话连篇，也不敢违命。平王派的使者带着信赶到伍家大叫："恭喜！恭喜！"正为父亲入狱而忧心的伍尚，看到信更加快乐不起来，连忙告诉弟弟伍员。

伍员字子胥（xū），长得一表人才，文能安邦，武能定国。他看完了信，冷冷地说："父亲能免于一死已属万幸，你我何功，为何授官？楚王怕我们，因此不敢杀父；你若贸然跑去，只会使父亲早点死，千万别上当！"伍尚不肯，说："就是见了一面，父子死在一起也甘心。这样吧，我以殉父为孝，你以复仇为孝如何？"兄弟二人抱头痛哭后，伍尚就上路了。

果然，当伍尚到了楚国王宫后，楚王把伍尚逮捕，并且下令捉拿伍员。

伍员（子胥）听说父兄同时被囚，便急忙收拾行李，挂弓佩剑逃走。楚兵果然随后赶来，搜捕不得，即刻追去。走了快三百里，到达一个旷野无人之处，武功高强的伍子胥忽然绕到追兵的头目之后，捉住了他，警告："我留下你一条小命回去告诉楚王，留下我父兄之命，否则，我一定亲斩楚王的脑袋。"头目拾回一命，哪敢再追，率众归报平王。平王大怒，马上斩了伍奢、伍尚，同时四处悬挂告示："凡能捕伍子胥者，赐粟五万石（dàn），爵上大夫；容留纵放者，全家处斩。"

伍子胥沿江东下，一心想投奔吴国，奈何路途遥远，忽然想起太子建逃奔郑国，也就去了郑国。到那里不久，太子建竟不听伍子胥的话，帮晋国做间谍，郑王气得在酒席上当场杀了建。伍子胥只好再逃亡吴国，昼伏夜出，千辛万苦。经过陈国，再往下走便是通吴的大江了。可是这中间险要地带昭关有重兵把守，盘诘（jié）得很紧，如何过得去呢？

就在此时，闪出一位白眉老公公东皋（gāo）公。他认出伍子胥，迎伍子胥到一小茅屋暂时安憩（qì）。一连过了七天，伍子胥心乱如麻，急得坐立不安，觉也不睡，几乎彻夜踱（duó）步不停。东皋公推门进来看到伍子胥，大吃一惊，连忙取来镜子。哇！伍子胥的胡子一夜之间全愁白了。伍子胥伤心得把镜子摔在地上，东皋公却捻着长眉笑道："有办法了！"

伍子胥将宝剑赠予渔翁，渔翁坚辞不受，选自《马骀画宝》。

原来伍子胥状貌雄伟很容易被认出，现在胡子白了，样子也变了。刚好东皋公有个朋友，名叫皇甫讷，身高九尺，眉宽八寸，相貌酷似伍子胥。于是皇甫讷改穿伍子胥的衣服，而伍子胥把脸涂黑，换过衣裳。两人趁着天色蒙蒙，前往昭关关口。

昭关的守门人远远见主仆二人，那主人状貌与伍子胥相似，而且满脸害怕的模样，连忙拥上拿下。守关将士及过往行人听说抓到伍子胥了，争先恐后挤着去看，伍子胥趁着哄闹之时偷偷混出城门。等到守门人发现抓错了人，伍子胥早已走远了。

他惊险万分地闯过昭关，遥望大水，浩浩茫茫，无船可渡。正在担心后面追兵时，忽有一渔舟出现，渔翁迎伍子胥上船，轻轻一点桨，小舟飘然而去。渔翁说："我梦到有颗亮星掉到舟内，知道有异人要来，果然不出所料。"伍子胥告诉他姓名后，渔翁忙把小舟系在杨柳树下，入村为伍子胥找食物。伍子胥暗想"人心难测"，谁晓得他是否会去报信？于是他忙隐入芦花丛中。一会儿，渔翁端来一碗肉嫩汤鲜的鲍鱼羹。伍子胥吃饱后，取出七星宝剑相赠。渔翁笑笑说："楚王有令，捉到你赐五万石，我都不要，又哪在乎此？"伍子胥千恩万谢后，又叮咛渔翁："如有追兵，勿泄天机。"渔翁仰天长叹："啊，我有恩于你，你还怀疑我，不如一死好让你放心！"乃投江而死。伍子胥眼见渔翁的尸身在水上漂流，悲痛不已。

鱼肚里藏一把剑

伍子胥渡江来到吴国，继续走了三百多里，到达吴趋（qū）街上，看见一个大汉把另一人推倒在地上猛揍，样子又凶又狠，像只饿坏了的老虎，而且喊叫起来轰隆隆的像在打雷，旁人怎么劝都没有用。眼看着就要打死人了，忽然一家门内传来妇人的声音："专诸（zhū）啊，你又在打架了？"说也奇怪，那大汉打得正起劲，竟然马上住手缩着头，弓着腰，急忙赶回家去，而且满脸害怕的表情。

伍子胥觉得奇怪，这么一个凶猛的大男人难道还怕女人不成？旁人解释道："他名叫专诸，是咱们乡里第一条好汉，体强力壮，更有一身好武艺，最看不惯不平的事，但凡被他遇上了，他非替别人出气不可。他很孝顺，最听母亲的话。生再大的气，只要母亲一喝，专诸连气都不敢吭。刚才喊他的就是他的母亲。"伍子胥认为专诸真是个奇男子，第二天特地登门拜访。两人一见如故，可说是英雄识英雄，当下八拜结交为义兄弟，然后伍子胥便上路了。

当时吴国的国君是王僚（liáo），他是从公子光的手中把王位抢过去的。光为了抢回王位，到处招募贤士集合力量。伍子胥的才能远近驰名，光迫不及待延为上宾，并且拍着胸脯向他保证，将来夺回王位，第一件事便是讨伐楚国，替伍子胥报杀父杀兄之仇。伍子胥为报答光，同时把义弟专诸也介绍给光。

光马上去拜见专诸。光除了天天给专诸送酒肉布帛外，他知道专诸孝顺，还时时亲自向老夫人请安，专诸非常感激。这时，光才讲出想请他刺杀王僚的事。专诸说：“我老母还在，需要我照顾，恐怕暂时不能为你卖命。”光急得流泪，说：“你孝顺我知道，可是除你以外，没有任何人可做此事了。只要你帮我去掉王僚，你的母亲就是我的母亲，我一定好好孝敬她，奉养她。”

专诸想了想说：“做任何一件事，都不能轻举妄动，要杀王僚，得先想法接近他，他喜欢什么？”光说：“他顶贪吃，尤其喜欢吃烤鱼。”于是，专诸便到太湖去学烹调。三个月下来，他烤的鱼香嫩鲜美，任何人尝过，都赞不绝口。但是，时机还未成熟，只好慢慢等。

三四年后，忽传来消息，楚平王去世，伍子胥一拍大腿：“这是个大好机会，说动王僚此时派兵攻楚，然后当王僚手下兵力单薄时，便可动手干掉王僚了。”光也同意这个计谋，他拿出一把短剑，一面抚摸剑锋，一面得意地笑着说：“这把短剑叫鱼肠，异常锋利，削（xiāo）起铁块如同剁泥巴。这几天晚上，时常在闪闪发光，敢情是想喝王僚的鲜血！哈哈！”于是他

专诸刺吴王僚，汉代画像石，山东嘉祥武氏祠。

便把鱼肠交给了专诸。

专诸要求先回家去拜别母亲，回到家后，难过得一句话也不说。他母亲心中已知怎么回事，说："儿啊，别伤心，这几年来公子光对我们太好了，应该报答他。忠孝不能两全，你把事情办妥扬名后世，我死了也高兴。"专诸不作声，只是哭，他母亲说："我想喝水，你去打点水来。"专诸打水回来不见母亲，他妻子说："母亲刚才说累了，想躺一会儿，叫我们别打扰她。"专诸心知不妙，打开卧室门一看，哎呀！母亲已上吊而死。专诸惊呼昏倒，醒来大哭一场。埋葬母亲后，专诸怀着悲壮的心情，准备慷慨赴义。

如今万事俱备，公子光便发出请帖，邀请王僚来尝太湖名厨的拿手烤鱼。王僚生怕光没安好心，然而又不愿表示自己害怕，于是穿上三层用狻猊（suān ní）皮制的背心赴宴，并且从王宫门口到公子光家中，一路站满了卫兵保护着。

还不只此呢！凡厨子送食物上来时，先要搜身，然后跪地膝行，并由十来个拿着剑的卫兵像老鹰抓小鸡般挟着走。放菜盘时得低下头，眼睛不可抬起来，盘子一放好又得爬着出去。当然专诸也不能例外，没想到那鱼肠短剑却是暗藏在鱼腹中，搜身当然通过。当跪到王僚面前，专诸趁着把鱼剖开的当儿，抽出短剑，拼着全身力气，直往王僚胸前刺去，直透过三层坚甲背心，穿透背脊，王僚大呼一声，当场气绝。

两旁的卫士一拥而上，把专诸剁成肉泥，大厅上乱成一团。席间以脚痛为借口躲在地下室的公子光，听说王僚已死，率兵杀出，把卫士解决掉，乘胜追击，夺回王位。公子光做了国君，厚葬专诸，封他的儿子专毅为上卿，并且兑现对伍子胥的诺言，派兵攻占楚国。伍子胥把楚平王尸体从坟中挖出来鞭打泄愤，报了杀父杀兄之仇。

勾践亲尝粪便

战国时代，吴越相攻，越兵大败，越国大臣文种建议越王勾践说：“现在情势危急，我们只有马上请求吴国讲和。”

勾践说：“万一吴国不肯讲和，怎么办呢？”

文种说：“吴国的太宰伯嚭（pǐ）贪财又好色，可以请他帮帮忙，多说几句好话。”

吴王夫差（chāi）被伯嚭说动了，答应与越王讲和，条件是勾践和他的妻子一块儿到吴国去当夫差的仆人。于是，勾践装了一车的宝物，挑选了三百多个美女，流着眼泪前往吴国。

临行前，文种安慰勾践：“以前汤被关在夏台，文王被关在羑（yǒu）里，后来都成了王业；齐桓公曾逃亡莒（jǔ）国，晋文公曾逃往翟国，之后也都成了霸业。一个人不怕吃苦，怕的是没有志向，你暂且忍耐，国内我会代你治理的。”

勾践到了吴国，光着上身，跪在台阶上觐见夫差，他的妻子也跪在后面。勾践向吴王讨饶说：“臣子勾践，不自量力，得罪大王，罪该万死，谢谢您肯赦免我，使我有机会当您的奴隶，我心中十分感激。”

吴国的老臣伍子胥，知道不能留勾践，否则一定有后患，但是夫差不听。他盖了一栋破烂石屋，叫勾践夫妇住在里头，专门去管养马的贱事。

从此，勾践换上马夫穿的衣服，一天到晚锄草、养马。他妻子也整天蓬头垢面，做打水、除粪、扫地、清理垃圾等工作。他们生活很苦，饿得只剩下皮包骨，却从没有一句埋怨的话，因此夫差很满意。

夫差为了显示自己的功业，每次坐车去玩，总叫勾践拿着马鞭，在车子前头奔跑。吴国的老百姓就指指点点地说：“大家快来看，这个人就是越王，真丢脸啊！”勾践惭愧得恨不得有个洞可以钻进去。

有一天，夫差看到勾践夫妇坐在马粪边喘气，从越国跟来的臣子范蠡（lǐ）拿着马鞭站在一旁。夫差说：“他们真了不起，到了这步田地，还保持君臣的礼节，实在是难得!”

伯嚭连忙说：“他们也够可怜的。”接着，伯嚭又怂恿夫差放勾践回去。然而，不久以后，夫差却得了重病。

范蠡对勾践说：“这是个好机会，你去探望夫差，然后请求尝他的大便，告诉他病马上会好转，这样一来，夫差一定放你回去。”

勾践很为难，说：“我虽然窝囊，好歹也是一国之君，怎么能去尝人家的大便？这太不像话了！”

范蠡劝他说：“以前纣王把文王关在牢里，杀掉文王的儿子熬成汤，叫人送去给文王吃，文王还不是只有吃了？要做大事的人，不能计较小地方。”

勾践便去探望夫差。勾践跪在床前，一边哭一边说：“听说您生病了，我难过得心肺都要烂了……”话没说完，夫差一扬手说：“等等！”原来夫差要拉肚子了。

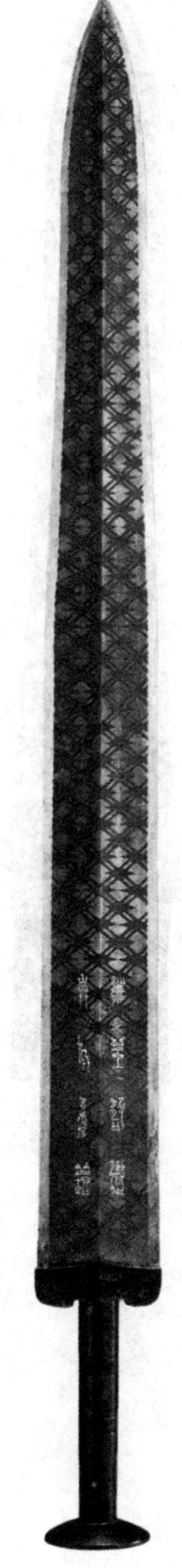

越王勾践剑，湖北省荆州市江陵县望山楚墓群1号墓出土，为中国古代兵器中的奇宝，两千多年后的今天依然寒光四射，发丝触锋立断。剑身铭刻“越王鸠（勾）浅（践），自作用剑”字样。

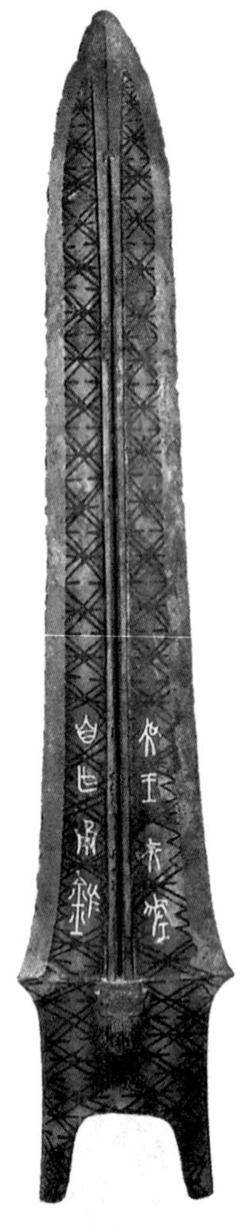

吴王夫差矛，湖北江陵马山出土，做工精美，锋利无比，有八字错金铭文："吴王夫差自作用鈼。"

勾践急忙说："我以前学过看病，只要一看粪便的颜色，就可以知道病情如何。"说完，他就站在一旁，等夫差大便。

夫差解完大便，侍卫正要把便盆端出，勾践一个箭步向前，跪下来，掀起盖子，用手抓了一点夫差的大便，还放到嘴里尝一尝。侍卫们都掩着鼻子，臭得想吐。

勾践又回到夫差床前，跪下来猛叩头："恭喜大王，贺喜大王，您的大便又苦又酸，表示跟春夏的气味相调和，这就是很好的征候。"

夫差很感动地说："连亲生儿子都不肯为父亲尝大便，而勾践竟然肯，可见得他对我的忠心。"因此，当夫差病好之后，就释放勾践回越国。

勾践回国后，卧薪尝胆，冬天抱冰，夏天烤火，又送了美女西施去迷惑夫差，最后果然打败了吴国，获得了最后的胜利。

豫让为荀瑶报仇

豫让是春秋末期晋国人，在大臣荀瑶手下做事。荀瑶和另一大臣赵无恤有仇，有一次两军相战，荀瑶被赵无恤杀掉。赵无恤把他的头颅涂上油漆当做尿壶，天天对着他的头撒尿泄愤。豫让伤心极了，哭着说："荀瑶待我这么好，他死后受到如此难堪的侮辱，我哪有脸活下去？"

于是，他更改了姓名，假扮成做粗工的囚犯，身边藏着一把利刃，偷偷摸进赵家的厕所中，准备等赵无恤上厕所时刺杀他。没想到赵无恤正要上厕所，忽然心惊肉跳，派人一搜，果然发现了豫让，并且查出他身上的武器。豫让一点也不害怕，昂首严肃地回答："我是荀瑶的部下，要为荀瑶报仇。"

赵无恤的手下道："这是危险的刺客，不必多问杀掉算了。"赵无恤对豫让忠心的行为非常赞赏，决定把他放了。豫让临走前，赵无恤叫住他："你现在该不会想杀我了吧？"谁知道豫让摇摇头："你对我有恩，可是我绝不放弃该做的事。"赵无恤叹了一口气："我不能失信，你走吧。"当天，赵无恤就躲到晋阳城去避祸。

豫让回到家里，仍然一天到晚在想如何刺杀赵无恤，他的妻子看不过去，劝他不如为赵家做事谋取荣华富贵，豫让气得不理他的妻子。豫让一心一意要赶去晋阳，又恐怕被别人认出来，所以剃掉胡子拔去眉毛，把身子漆得和癞子一样，在街上讨饭。他的妻子出去找他，听出他的声音，急

豫让杀身报知己，汉画像石，山东嘉祥武氏祠。

忙上前去看，然后放心地拍拍胸脯：“这叫化子声音很像，幸好人不是！”豫让对自己的化装不满意，就吞下大量木炭变成哑喉咙。这么一来，连他妻子也认不出来了。

豫让有一个好朋友，知道豫让要为荀瑶报仇的计划。他在街上碰到豫让，虽然豫让外表声音都变了，但他仍旧怀疑是豫让，就悄悄地在身后轻呼一声：“喂，豫让！”豫让果然猛一回头。他的朋友看到豫让狼狈的模样，便劝道：“我知道你已下定决心为荀瑶报仇，可是，你这种方式太笨！凭你的才华，如投到赵家旗下，他一定会重用你。那时，再随便找一个机会下手不好吗！何必把自己折磨得三分像人七分像鬼？”豫让说：“你叫我去为赵无恤做事，却又害死他，这是对他不忠。我豫让宁肯毁坏容貌，烫伤喉咙为荀瑶报仇，就是要天下那些不忠不义的人惭愧。你滚吧，你不配做我的朋友！”

豫让到了晋阳城，仍在街上讨饭，没有人认得出他。当时，晋阳城有一座赤桥刚刚筑好，据说赵无恤准备在通车的那天亲自去视察。因此，豫让带了一把快刀，假扮成死人，直挺挺地躺在桥底下。

赵无恤的车子快走到赤桥时，拉车的马忽然举起前蹄嘶叫不已。那声音十分悲伤。马夫怎么样用力鞭打，马儿硬是不动一步。有个谋士就站出来说：“好的马儿能预知前头的危险，你要小心！”

接着，有个兵士上来回报：“桥下没有奸细，只有一具死尸。”赵无恤说：“胡闹，新筑的桥哪来的死尸，一定是豫让，把他拖出来。”豫让的外貌虽改，赵无恤仍看得出，就破口大骂，“没良心的家伙呀，这次非杀你不可了。”豫让一听就大哭，哭到后来眼睛都流出血来了，左右的人问：“你怕死吗？”豫让哭说：“我只是伤心以后再也没有人为荀瑶报仇了。”

赵无恤说：“你的心像铁石般坚硬，我没法子再放你了。”说着他解下佩剑，要豫让自杀。豫让说：“死，我不怕，我只难过不能报仇。请你把衣裳脱下来，借我打几下，我死也瞑目了。”赵无恤答应了，脱下外衣。豫让挥着长剑，眼中喷火，把衣服放在地上，用力踩了三下，又用剑砍了三次，算是刺杀赵无恤，然后刎颈而死。后人为了纪念他，特别把赤桥改名为豫让桥，以表扬他的忠烈。

吴起的故事

吴起生于战国时代初期，卫国人，家境富有，少年时就渴望做官，因此到处交友找机会。然而官始终没做到，家产却被他挥霍殆尽。他的亲戚邻居都讥笑他，吴起一怒之下，拔剑杀了三十几个讥笑他的人。

吴起杀了人，自知犯了法，便开始逃亡。吴起的母亲舍不得儿子从此漂泊天涯，偷偷地送吴起到东城门外，心里感到无限的悲痛。吴起见母亲如此悲伤，便对母亲说："我不是不成材的人，我发誓如果不能做到卿相，绝不回卫国。"

吴起离开卫国，便投拜到曾子门下求学。不久，吴起的母亲在卫国病死。吴起想到和母亲临别时的誓言，竟不肯回卫国奔丧。这件事不但吴起的朋友们不谅解，连曾子也大不高兴，认为吴起不孝，不许吴起在自己门下继续求学。

吴起被曾子开除以后，便到鲁国学习兵法，同时在鲁国谋到一官职。有一年，齐国要攻打鲁国，鲁国的国君想用吴起做大将以抵抗齐国。这时，有个鲁国人向鲁君告密，说吴起的妻子是齐国人，恐怕吴起会暗中勾结齐国。鲁君听到了这个消息，心里也狐疑起来，便把任命吴起为大将的事拖延下来。

吴起在家里左等右等，不见鲁君发布任命大将的命令，十分着急。一打听之下，才知道鲁君怀疑自己会和齐国勾结。为了表明自己对鲁国忠心不二，和齐国绝无瓜葛，吴起竟然杀了自己的妻子。

鲁君看到吴起杀了妻子，任命吴起为大将，领兵和齐国作战。由于吴起善于用兵，竟把齐国打得大败。

鲁国刚获得胜利，便有人向鲁君报告说："鲁国是一个小国，现在竟然打了胜仗，名声高起来以后，我怕其他各国合起来谋鲁国。"鲁君是个懦弱无用之人，听了也很害怕，就告诉得胜回来的吴起，鲁国不想再打仗，也不想重用吴起。

吴起为鲁国效劳，换来的却是免去官职。吴起伤心地离开鲁国，听说魏文侯礼贤下士，便投靠魏文侯去了。

魏文侯正在积极地整军经武，立刻任命吴起为将。吴起受命以后，一方面训练士卒，一方面策划战略，不久，便发动了攻击秦国的战争，不但击败秦国，还夺得五座秦国的城邑。

吴起为士卒吸吮伤口的脓汁，选自《清刻历代画像传》。

吴起善于带兵，他身为大将，却和最低级的士兵一同吃饭，穿同样质料的衣服，晚上睡觉不用床，平时行走不骑马，行军时也亲自带干粮，这种和士兵共甘苦的生活，让士兵感动得自愿以死效命。

有一个士兵身上长了疮，生了脓，吴起亲自去看这个士兵，还用嘴巴为这个士兵吸脓。这个士兵的朋友把这件事告诉了士兵的母亲。士兵的母亲听完之后，便嚎啕大哭起来，朋友感到很奇怪，问道："你的儿子只是一个小兵，将军肯亲自为他吸脓，这是光荣的事，你哭什么？"

"你不知道啊！"士兵的母亲边哭边说，"从前我的丈夫在军中也生过疮，吴将军也曾为我丈夫吸过脓，我丈夫感激得不得了，等到病好了，每次打仗都不顾生命，他是要报答吴将军，后来我丈夫果然就死在战场上。

"现在，吴将军又替我儿子吸脓，我儿子一定也会肝脑涂地报答吴将军，看来我儿子是死定了，我怎能不哭呢？"

由于吴起善于用兵，魏文侯便任用吴起为西河守（西河是地名，守是官职，类似司令长官），阻挡秦国的东侵。

不久，魏文侯死，他的儿子武侯继位。武侯用公叔为宰相，公叔没有什么才能，因为娶了魏文侯的女儿（公主）为妻，所以才做到高官。公叔对吴起又怕又妒，便设计要害吴起。

有一天，公叔对魏武侯说："吴起有了不起的才干，我们魏国靠了他才能挡住秦国的侵略。可是，我们魏国国土太小，我怕吴起没有长久留在魏国之心。"

"不错。不过，那又有什么办法呢？"魏武侯忧郁地说。

"我有一个主意，"公叔说，"大王不妨告诉吴起，愿意把另一个公主嫁给他，他如果接受，就表示有意长久留在魏国，如果不答应婚事，就表示他无意留在魏国。"

"你的主意很好，你就召吴起入京吧！"魏武侯说。

公叔立刻写信召吴起入京。吴起一到京，公叔便把吴起请到自己家里吃饭。在吴起来到之前，公叔先激怒了妻子（公主），所以当吴起到公叔家时，公主盛怒未息，当着吴起的面，羞辱公叔，吴起看了，心里很难过。

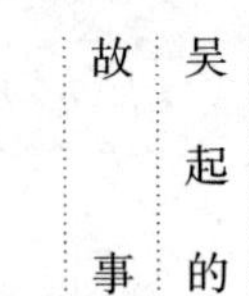

第二天，吴起进宫，魏武侯向吴起表示想把公主嫁给吴起。吴起想起了昨天的一幕——公叔身为魏国宰相，公主竟敢当众羞辱他，可见公主的气焰实在太高，魏武侯要嫁给自己的，虽然是另一位公主，但是高傲泼辣的性格恐怕是一样的，娶公主自己岂不是活受罪?

于是，吴起便婉拒了婚事，魏武侯也对吴起产生猜疑之心。吴起感觉到武侯对他愈来愈不信任，心里很害怕，便离开魏国，投奔楚国。

楚悼（dào）王早就听说吴起的才能，任命吴起为宰相。吴起担任楚国宰相以后，立刻进行改革，把法令修改得更合理，裁减许多闲着没事干的官吏，训练军队，安抚百姓，经过几年，楚国便强盛起来。然而，楚国许多贵族却十分厌恶吴起，因为吴起把他们许多既得的利益剥夺了。不久，楚悼王去世，楚国的贵族们联合起来作乱。在战乱中，吴起被杀了。

庞涓毒计陷害孙膑

战国时代阳城附近有处地方，山谷僻静幽深恐怖，不像是人住的，因此被人们称为鬼谷。山里面住了个隐士，学问很好，人称鬼谷子。他收了几个门徒，后来都成了大大有名的人物。

例如孙膑（bìn）、庞涓都是鬼谷子的门徒。孙膑是齐国人，是著有《孙子兵法》的中国伟大的军事家孙武的后代。孙膑才气高，很得老师鬼谷子的欢喜。他有一个同学庞涓，魏国人，两人很要好，并且拜了把兄弟。

三年学成后，魏惠王马上召庞涓回国做官。孙膑送庞涓下山时，庞涓一直说："将来有机会我一定向魏王推荐你。"其实，庞涓向来嫉妒孙膑的才华，怎会帮他呢？

但鬼谷子的一个朋友却向魏惠王大力推荐孙膑。魏王就用驷（sì）马高车、黄金白璧恭敬地迎孙膑下山，准备请他担任副军师。刚好这时庞涓是军师，他害怕孙膑会抢走兵权，便建议改请孙膑做顾问，还假惺惺地说："如果孙膑有功绩，我一定把军师的位子让出，做他的部下。"

孙膑来了以后，魏惠王想比较一下两人的本事，叫他们各排演一套阵法。庞涓的阵法，孙膑一看便知，而且立刻说出破阵之法。孙膑排的呢？庞涓完全看不懂，偷偷先问孙膑。孙膑为人忠厚，跟他说："这叫颠倒八门阵，一进攻就成长蛇阵。"因此，等魏惠王问庞涓时，他也能很快答出。可是庞涓自知差一截，于是想出一条毒计。

他知道孙膑四岁丧母，九岁丧父，由在外地的叔父一手带大，身世凄凉，对家乡事不太清楚。于是庞涓派了一个人，操着齐国口音，哭哭啼啼来找孙膑，说是孙膑的哥哥孙平、孙卓很想念他，希望他回齐国去，说着还掏出他哥哥的信。孙膑伤心地回了信，表明自己现在在魏国做官，暂时不能离开。

庞涓骗到这信后，模仿孙膑笔迹，在信后加了一句“如果齐王肯用我，我一定马上回国”，然后拿去给魏王看，诬赖孙膑私通齐国。没想到魏王竟说：“也许孙膑怪我没有重用他。”庞涓见毒计未收效，又心生一计。

他跑到孙膑那儿问：“听说你有个老乡来？”孙膑说：“对啊！”庞涓就虚情假意地道：“离家久了，是该回去看看，何不请一两个月假？”孙膑坦白说出担心魏王误会，庞涓忙拍胸脯：“有我呀，你放心吧！”第二天，孙膑果然上了一个请假的报告。魏王看了大怒，认为孙膑私通齐国，即刻发给军师处分，打入大牢。

庞涓知道了，假装吓了一跳，他到牢房里去安慰孙膑，并且说，一定设法保住他的性命。

孙膑对庞涓的义气，真是感激万分。然后，庞涓又建议魏王对孙膑施以最残酷的刑罚——剔掉膝盖骨，用针在脸上刺“私通外国”，

孙膑在猪圈里假装发疯，选自明刊本《新镌绣像列国志》。

并用墨涂黑。从此，可怜的孙膑，只有盘着腿坐，不能行动。

有一天，庞涓又到牢房来看孙膑，脸上有些忧郁的表情，孙膑发现了，便问庞涓道："你有什么心事？"

庞涓叹了一口气："你比我晚下山，所以你在老师那儿学到的东西比我多，我真想再回山上去，只可惜我这儿离不开，何况若是我离开了，谁来保护你呢？"

孙膑听了庞涓的话，立刻接口道："我知道你离不开这儿，你也用不着再回山上去，我可以把老师传授给我的兵法写出来给你。"

庞涓大喜，但是表面上却装出一副谦辞的样子："那怎么好意思让你这么辛苦！"

孙膑握着庞涓的手，诚挚地说："你救了我的命，对我实在太好了，这就算是我报你的恩吧。"

从此以后，孙膑除了睡觉，便整日埋首写作，把鬼谷子传给他的兵法，仔仔细细写了出来。

孙膑认真的态度，影响了看守他的牢头。有一天，牢头把午饭送到孙膑的桌上，孙膑一看，午餐又加了一个煎蛋，便抬起头来对牢头说："午餐又加一个蛋，一定是庞军师关照的，庞军师对我真好。"

"真好？"牢头的声音有些颤抖，"我劝你最好别吃。"

"为什么别吃？"孙膑感到奇怪。

"因为——"牢头似乎在犹豫，最后，终于下了决定，蹲下身子，附在孙膑的耳边悄悄说，"庞军师是要你养足精神，赶快把兵法写完，等你写完兵法的那一天，就把你毒死。"

"真的吗？"像是晴天霹雳，孙膑几乎昏倒。

"我用不着骗你。"牢头说，"我是看你拼命为庞涓写兵法，而庞涓却想要害死你，实在看不过去，所以才告诉你，千万别做傻事了。"

孙膑整个人呆住了，他对兵法十分熟悉，但对"人"则了解太少，所以，把庞涓当作了好人。可是，现在该怎么办呢？

忽然，他想起下山之前，老师鬼谷子交给他一个小布袋，嘱咐他在最危险的时候才能打开。

孙膑想，现在应该是最危险的时候了。于是他匆忙打开贴身收藏的小布袋，只见里面有一块黄绢，上面写着“假装发疯”四个字。

当天晚餐时，孙膑就开始发疯了，把筷子盆子扔在地上，把写过的竹片放在火上烧，口中含糊地骂个没完。牢头吓死了，慌慌忙忙扯来庞涓。庞涓一看，孙膑满脸鼻涕口水，一下伏地哈哈大笑，忽然又放声大哭，又抱着庞涓哭喊“鬼谷老师！鬼谷老师！”，真像神志不清的样子。

庞涓中计树下自刎

孙膑和庞涓都是鬼谷子的学生，一同在魏国做官。庞涓因为嫉妒孙膑的才华，便用毒计陷害好朋友，使孙膑不能走路，并且在他脸上刺了“私通外国”四个字。孙膑惟恐庞涓更进一步害自己，于是便开始装疯。

庞涓是个聪明人，怀疑孙膑在演戏，就叫手下把他拖到猪圈里去。猪圈里恶臭难闻，孙膑倒头便躺在猪粪中。有人拿狗粪混着泥巴喂他，他也照吃不误，有时还饮些尿、吃些屎。庞涓心想孙膑八成是真的疯了，于是把他赶出牢笼，让他去沿街爬行乞讨。

孙膑经常白天出去，晚上回来仍旧睡在猪圈中，偶尔不回来，就睡在大街上；有时又说又笑，有时哭闹不停，街上的人可怜他，丢给他一些食物，没有人看得出孙膑在假装发疯。然而，庞涓心中仍不太放心，每天都派密探去侦察孙膑的行踪。

庞涓如此毒害同窗好友，许多人都看不过去。有个叫禽滑的人决定行侠仗义。他以献茶给魏惠王为名到魏国，看到孙膑沿街跪爬乞食的可怜相，心里非常难过。等到半夜，禽滑悄悄地来到猪圈，告诉孙膑准备救他出去。孙膑泪如雨下道：“庞涓监视得这么紧，恐怕很困难啊！”

禽滑找了一个佣人，身材很像孙膑，扮成孙膑的模样，涂了满脸的脏泥巴，披头散发装疯，另外把孙膑藏在车里，趁着庞涓和魏惠王饮酒作乐的时候，偷偷出了城。过了几天，庞涓手下的人发现孙膑失踪了，只留下一堆脏衣服，赶紧跑来告诉庞涓。庞涓以为孙膑发疯投井而死，捞了半天都没捞到尸首，又担心魏王怪罪，只好向外宣布：孙膑溺水而死。没料到，孙膑早已逃到齐国准备报仇。

不久，魏国派兵侵略赵国；赵国向齐国求援，齐国便以孙膑为军师对付庞涓的军队。庞涓到了桂陵，远远看到齐兵排成的阵势，正是当年孙膑在魏国摆出，而自己当时看不出的“颠倒八门阵”。他大吃一惊想道：“莫不是孙膑跑到齐国去了？”但他仍嘴硬，破口大骂齐兵：“你们摆的颠倒八门阵，是向鬼谷子学过的，没什么了不起，你们是从哪儿偷来的？我们魏国三岁小孩子也能破这个阵法。”

事实上，庞涓完全被这阵法弄昏了。他亲自挑选五千人冲入阵中，只见八方色旗，纷纷转换，他东冲西撞找不到出路，加上四方呐喊声、鸣鼓声，庞涓心中大乱。更糟糕的是，他一抬头发现每面军旗上都写了大大的“孙”字，几乎当场昏倒，差一点命都丢了，连夜赶回魏国去。

过了几年，魏国攻打韩国，由庞涓领兵。韩国自知力弱，不能抵抗，赶紧向齐国求救，齐国便派孙膑率军救韩。

孙膑面对魏军，首先使用了示弱计。当齐军和魏军相隔五十里时，便连夜向后撤退。魏军第二天赶到齐军的扎营地，发现地上留了十万个煮饭的灶，于是继续向前追赶。第三天，魏军赶到了前一夜齐军的扎营地，齐军已经先跑了，魏军数一数地上留下来的灶，只有五万个。魏军休息了一夜，继续追赶，不久，到了前一天齐军的扎营地，当然齐军早就撤退了，魏军再数一数地上的灶，只有三万个。庞涓便向魏军宣布：“齐军的灶一天比一天少，表示士兵逃亡很多。齐兵都是胆小鬼，还没打就先跑，如果让齐军一直跑回齐国，实在太可惜。我要挑选三千骑兵，连夜追赶，让齐兵逃脱不掉。”

其实，齐国军队并没有人逃亡，灶的数目不断减少，只不过是骗魏军，让庞涓误以为齐军的士兵大量逃亡，士气低落。齐军自动撤退也不是畏惧魏军，只不过是装成畏惧的样子，引诱庞涓前来追赶。

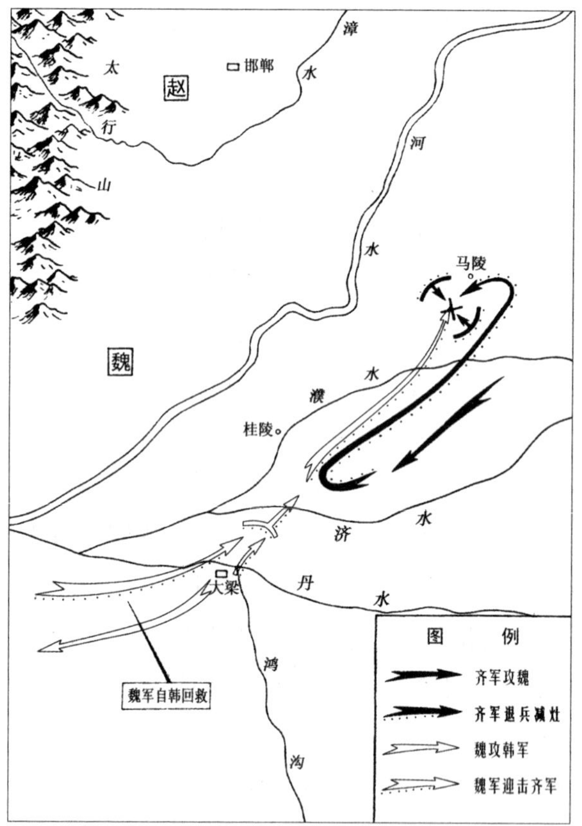

齐魏马陵之战作战经过示意图。前 341 年，魏派庞涓联赵伐韩，韩求救于齐。齐国以田忌、孙膑率军进逼魏国都城大梁附近的外黄（治今河南民权西北），庞涓只好回师攻齐。孙膑命齐军向马陵方向撤退，用减灶计诱庞涓率领轻骑兵突进追击。到马陵时，齐军伏兵发动，魏军大败，庞涓自刎而死。此战后，魏由盛转衰，转而向齐屈服。

果然，庞涓中了计，对齐军产生了轻敌之心，率领少数骑兵，轻率地快速追赶，和后面的魏国大军脱了节。

于是，孙膑在马陵设下了埋伏。马陵有一段险要的路，道路的两旁是山，好像一个峡谷。孙膑将齐兵分散到路旁山上的树林中，埋伏起来，并且告诉齐兵，在夜晚时，只要看到火光，就对着火光一起射箭。

庞涓带着骑兵来到马陵时已是夜晚，忽略了前方峡谷似的道路可能存在的危险性，直接冲了进去。这时有前军报告："前面有断木阻路不能前进。"庞涓叱道："这还不是齐军怕我，故意安置的吗？"正在指挥军士搬开木头时，他忽然看到树干上的树皮被剥光了，上面隐隐约约有字迹，就叫军士举起火把，一看刻的是"庞涓死此树下"，大叫："中计了！"话还没完，一时万箭齐发，如大雨倾盆射来，庞涓叹道："我真恨我当时没把孙膑斩了。若是斩了，这小子今天也不能成名了。"他心知已命该绝，接着便使用佩剑自刎而死。

田单的连环计

战国时代，燕齐相攻，燕国的大将军乐毅，连下齐国七十多个城市，齐人能守住的只有莒（jǔ）和即墨两个地方。

齐湣（mǐn）王吓得出奔，老百姓也争先恐后地逃难。田单预料到兵荒马乱中，人与车一定非常拥挤混乱，行动很不方便。因此，出发前，他要他的族人把大车之轴的突出部分锯掉，锯得与车毂（gǔ）一般齐，并且外头罩上一个铁笼，使车轴巩固不致散开。

果然，逃难的时候乱成一团。只有田氏宗族的人因为车身狭窄，轻动灵巧，又不致车轴与车轴相撞，所以很顺利地逃出，大家都很钦佩田单的智谋。

齐人知道田单有领导才能。因此，当燕军攻打即墨，城中无主时，齐人共推田单为将。

当时，乐毅的计策是，对齐国仅余的两个城市，采取“缓攻”的方法，慢慢消化，使二城不战而下。这本来是个好主意，但碰到田单却行不通了。

田单派了间谍到燕国去散布谣言，说乐毅已打下了七十多个城市，难道还攻不破莒和即墨两个城？这明明是乐毅想偷偷与齐国讲和，自己当大王；齐国人最担心燕国换了一个将军，齐国就连莒和即墨两个城也保不住了。

燕国此时刚好新君即位，是个大草包。他一听到这个谣言信以为真，立刻换下了乐毅，改由骑劫这个无能的人当大将军，整个燕军都很愤怒。

田单晓得两国兵力悬殊，他必须使百姓认为自己有超人能力才行。于是他想出一个办法：命令即墨城里的老百姓，每天吃饭时，必须祭祖，祭祖时当然把供品陈放在庭院。天上的乌鸦看到了美食，成群飞下啄食。燕兵远远看到这个景象很奇怪，田单乘机放出消息说是，“这表示不久之后有神人下凡为齐国军师。”

不久，果然有一位神人出现，大模大样，田单尊他为“神师”。神师所到之处，齐兵都恭敬地下拜。其实，这个神师是田单找来的一个小兵装扮的。齐人不知道，还以为真是仙人下凡哩。接着，田单派人在燕军中扬言，若燕人把齐兵的鼻子割了，放在队伍前面，齐国人一定马上投降。骑劫一听就这么干了。齐国人一看被俘虏后，连鼻子都没有了，只剩下一个黑黑的洞，吓得大叫：“妈呀！”从此，齐兵个个奋勇作战，惟恐鼻子不保。

田单为了激励民心士气，使大家增加杀敌的决心，又向燕军传出谣言：齐国人最担心祖坟被挖，祖骨被毁，倘若燕军真的开始挖坟，齐人为保全先人骨骸，一定会开门投降。

骑劫又相信了这个谣言。不久，齐国人在即墨城内望见烟火上升，闻到从城外传来阵阵腥臭味，打听之下，发现原来是燕军在烧城外齐人的祖坟。城内齐人气得痛哭流涕，恨不得冲出城门，把燕兵砍光，以报不共戴天之仇。

田单知道民心士气已经提高，可以一战了。他发布命令：由老弱妇孺在城墙上巡逻，壮丁都藏起来，让城外的燕国将士误以为即墨的男子都死光了。同时，田单又在民间搜集金银财宝，送到燕军的军营之中，作为贿赂之用，表示希望城降的时候，得以保全一条命。

骑劫得到了这些消息，很高兴地等着即墨守将来投降，无形之中，军备逐渐松懈了。

田单把城里所有的一千多头牛集中在一起，然后用五颜六色的长布披在牛身上，好像牛穿上了花衣裳。此外，在每一头牛的角上绑上刀子，用麻和芦花浸油，扎在牛尾巴上，拖在后面，像个大扫把。

在约好的投降日子的前一天晚上，田单召集了五千名壮士，在他们脸上抹上油彩，画成大花脸，并让他们各自带好兵器，跟在牛后面，然后，用火点着牛尾巴。牛痛得奔出城门，好戏上演了：

田单指挥士兵在牛角上绑尖刀，选自《马骀画宝》。

燕兵睡到半夜，忽然听到山崩地裂般的震动，大群怪物猛扑而来，角上还有利刃，碰到非死即伤。燕兵早听说齐军中有“神师”，都以为这会儿真的碰到鬼了。

那五千花脸齐兵闷声不响地见到人就砍，燕兵一看牛头马面，好像到了地狱，手脚发软；加上田单率齐国百姓在城楼上敲打铜锣，燕兵睡梦中真以为被阎王爷召到地狱，连逃的勇气都没有了。在糊里糊涂的情形之下，燕兵不是死在牛角利刃上，就是命丧齐兵之手。

这场战争，齐军大获全胜，并且乘机收复了失地。

和氏璧的故事

在战国时代，秦国国势强盛，常常侵略邻国，赵国经常受到秦国的欺侮，所以，赵国对秦国既仇视又畏惧。

赵惠文王得到一件稀世珍宝——和氏璧。和氏璧是一块美玉，被认为是无价之宝。这和氏璧有一段悲惨的故事：

据说有一个姓和的楚国人，偶然在山中发现一块品质极好的大玉石，内心十分兴奋，便带了这块玉去见楚厉王，表示要献给厉王。厉王命一个玉匠来鉴定这块玉的价值。

不料，玉匠在鉴定后说："这不是玉，这只是一块普通的石头。"

厉王听到玉匠的鉴定后大为生气，认为这是和氏在戏弄他，把石头当美玉献给他，于是，下令把和氏的左脚砍掉，以示惩罚。

过了几年，楚厉王死，武王继位，和氏又捧着那块玉去献给武王。武王也把玉交给一个玉匠去鉴定，这玉匠鉴定后也认为那是石头而不是玉。武王非常生气，认为和氏在欺骗他，命人把和氏的右脚砍掉。

又过了几年，武王去世，文王即位，和氏抱了那块玉跑到楚山之下，嚎啕大哭，哭了三天三夜，眼泪都哭干了，眼眶里流出了血。

和氏在楚山下痛哭的消息传到楚文王耳朵里，文王便派人去问和氏为什么痛哭，和氏回答说："我不是为自己双足被砍而痛哭，我是因为宝玉被人指为石头而哭，我是诚心诚意把玉献给大王，却被大王指为骗子，这就是为什么我要痛哭啊。”

于是，文王召集了全国一流的玉匠共同来鉴定，经过慎重而仔细的鉴定，结论是：这确是一块美玉，只因未被雕刻琢磨，很容易被误以为是一块石头。

文王知道了结论以后，便向和氏道歉，收下了这块美玉，同时把这块美玉命名为“和氏璧”。后来，这块玉辗转到了赵惠文王手中。

赵惠文王获得和氏璧的消息传到了秦国，秦昭王马上写信给赵王，表示愿意以十五座秦国的城来换取和氏璧。

赵王对秦国的这个要求大伤脑筋，召集了大臣们来商量。大家觉得秦国是强国，却不大讲信用，如果把和氏璧送给秦王，而秦国不肯给十五座城，那岂不是平白受秦国的欺骗？如果不把和氏璧送给秦王，又怕秦国兴兵问罪，赵国恐怕不容易抵挡。这真是一件左右为难的事。

大家商量很久还是得不到结论，最后一致认为最好派一个使者到秦国去交涉，希望能保住和氏璧却又不致让秦国有借口攻打赵国，可是这种弱国对强国的外交任务是极为艰难的，谁能担当这个任务呢？

正当群臣面面相对无计可施的时候，有一个叫缪（miào）贤的宦官站出来，推荐一个可以出使秦国的人选——蔺相如。

没有人听过蔺相如的名字，赵王也怀疑，一个默默无闻的人怎能担负起如此重大的任务？

“我相信蔺相如有能力完成任务。”缪贤说，“我把我自己的故事说给各位听。有一次，我犯了法，想逃到燕国去躲避，蔺相如问我怎么知道燕王会保护我？我说：‘有一次燕王和赵王相会，我在旁侍候，燕王在背着赵王的时候，握着我的手，要和我结交为朋友，所以，我认为燕王会庇护我。’

“蔺相如说：‘燕王之所以对你这样好，是因为赵强而燕弱，同时，你又是赵王相信的人，他和你结交，是想和赵国亲近。现在你犯了法逃到燕国去，燕王一定怕赵国向他要人，就会把你送回赵国来，他怎么会庇护

你？到那时你后悔都来不及了。所以，你不如坦白地向赵王认罪，也许赵王会原谅你的。'

"我听了蔺相如的话，就向大王认罪，果然大王赦免了我的罪。从我自己经历的这件事来看，蔺相如实在是一个智勇双全的人。"

赵王听了缪贤的话，便下令召见蔺相如。赵王告诉蔺相如秦国索取和氏璧的事，问蔺相如有什么计谋。

"秦强而赵弱，所以我们不能不答应。"蔺相如说。

"如果秦王得到和氏璧，却不肯给十五座城，那怎么办？"赵王问。

"秦王答应用城来换和氏璧，如果赵国不答应，是赵国理屈。赵国答应给和氏璧而秦国不给城，那便是秦国理屈。以两者衡量，宁可让秦国理屈。"蔺相如回答道。

"可是，谁能出使秦国呢？"赵王用期待的眼光看着蔺相如。

"如果大王没有适当的人可派，我愿意为国效劳。"蔺相如的口气缓慢而有自信，"如果秦国给城，我便把和氏璧给秦国，如果秦国不给城，我一定会把和氏璧完整地送归赵国。"

赵王高兴得站起来，握着蔺相如的手，诚恳地说道："这个重责大任就托付给你了，如果你能完成任务，我一定会重重谢你。"

于是，赵王正式任命蔺相如为赵国特使，带着和氏璧和几个随身侍从，出发到秦国去。

蔺相如完璧归赵

蔺相如带着和氏璧到了秦国，秦王十分高兴，在王宫里接见蔺相如。蔺相如捧着和氏璧，踏着稳健的步伐走进了王宫，知道自己正身处龙潭虎穴，必须谨慎而勇敢地面对这个危险的局面。

蔺相如终于走到秦王面前，很恭敬地双手奉上和氏璧。秦王接过这块美玉，高兴得大笑起来，把和氏璧给左右大臣和后宫美人传看，左右的人都高呼万岁。

蔺相如默默地观察秦王的举动，知道秦王只想霸占和氏璧，而没有割让十五城的诚意。于是，蔺相如走上前去，对秦王说："和氏璧有一点小小瑕疵，让我指给大王看。"

秦王不知道蔺相如的用意，以为和氏璧真的有瑕疵，便把璧交还给蔺相如。蔺相如拿着璧，靠着一根大柱子站立，愤怒地对秦王说："大王向赵国要求以十五座城换和氏璧，赵王和群臣商量，大家都说，秦国贪而无厌，不会让出十五座城，所以认为不能把璧给秦国。

"我却以为老百姓交往还讲究诚实不欺，何况秦是一个大国呢，而且因为一块和氏璧而损害秦赵的友好关系，那是不合算的。赵王同意了我的看法，于是，斋戒五天，派我带和氏璧来献给秦国，表示对秦国的尊敬。

"现在，我来到秦国，大王对我很傲慢，又把璧传给美人，分明是戏弄我。我看大王没有诚意交换十五座城，所以我现在把和氏璧要回来，如果

完璧归赵，清吴历绘。图中右侧蔺相如靠近柱子，手里举着和氏璧；左侧秦王打开地图，向蔺相如指示用来换璧的十五座城池。

大王逼我，我就把和氏璧撞碎，我也会撞这柱子而死。”

蔺相如说着，就拿起和氏璧靠近柱子，作出要把和氏璧撞向柱子的样子。秦王怕蔺相如真的把璧给打碎，立刻劝蔺相如不必如此，而且立刻召集主管地图的官员来，在地图上指了十五座城，答应让给赵国。

蔺相如知道秦王只是在虚情假意，等拿到了和氏璧以后，一定不会把城让给赵国。于是，蔺相如提出一个条件，要求秦王和赵王一样，也斋戒五天，然后召集群臣观礼，接受和氏璧，以表示郑重。

秦王眼见蔺相如态度坚决，如果强夺，蔺相如一定会把和氏璧打破，秦王想蔺相如既已在秦国，便不怕他逃掉，于是，答应斋戒五天。

蔺相如被安置在一个叫“广成传舍”的招待所里住宿，蔺相如预料秦王绝无割让城邑的诚意，便嘱咐跟他一同来秦国的同伴，改扮成为老百姓，带着和氏璧，偷偷走小路逃回赵国，把和氏璧归还赵王。

到了第六天，秦王宫中热闹非凡，乐队不断地演奏，群臣奉召一早就集合在大殿外，还有各国到秦国来的使者，也接到通知一起入宫，大家参加赵国把和氏璧赠送给秦国的典礼，同时也想看一看稀世珍宝和氏璧究竟是怎样的宝贝。

穿过群臣和各国使者的行列，蔺相如步入秦王的大殿，对秦王行了礼，然后朗声说道：“秦国向来不重信用，我恐怕被大王欺骗而对不起赵国，所以已经命人将和氏璧送回赵国了。秦国是强国，大王只要派一个使者到赵国，赵国立刻就会把璧送来。现在，只要秦国先割十五座城给赵国，赵国岂敢不送和氏璧来？我知道我的行为有欺骗大王的罪嫌，如果大王要处我死罪，我也愿意接受，请大王仔细考虑一下，再作决定吧！”

蔺相如的话让秦王宫廷中所有的人都呆住了。秦国君臣没有料到蔺相如有这一步棋，一时竟不知所措。

秦王招一招手，把几个大臣召到身边，低声商量如何应付蔺相如所下的怪棋。

“我原想从蔺相如手里把和氏璧先骗来，再用别的理由不肯交出那十五座城，没想到蔺相如竟把璧送回赵国，这个人胆子真大，命都不要了。”秦王摇着头说。

“不如杀了蔺相如，指责赵国无礼失信，然后，我们出兵攻打赵国。”有位大臣说。

“不太好吧！”另一位大臣表示反对，“蔺相如没有说不把和氏璧给我们，他只是提出条件要我们先给十五座城，赵国一定给和氏璧。”

其他的大臣有人主张用强硬手段对付赵国，有人主张别把事情闹大。最后，秦王得出结论：“如今如果杀了蔺相如，也得不到和氏璧，反而伤了秦赵两国的友好关系，我原本就无意割让十五座城给赵国，纵然没有得到和氏璧，我们秦国也没什么损失。我看，放了蔺相如算了。”

秦王回到王座，下令召见蔺相如，用温和的语气对蔺相如说：“你的行为的确很让我生气，我本来可以杀了你，但也于事无补，我想了很久，我觉得你这个人颇有机智，又有勇气，是个人才，我也不为难你，你回赵国去吧！”

蔺相如恭恭敬敬向秦王行了礼，很诚挚地说：“万分感谢大王的恩惠，我知道大王是明理的人，所以才敢作出冒险的举动。我相信以大王的睿智，一定能使秦赵两国维持友好的关系。”

蔺相如终于平安地回到赵国，和氏璧仍旧保存在赵国，历史上把这件事称为“完璧归赵”。

廉颇负荆请罪

蔺相如从秦国回到赵国，赵王欣喜万分。由于蔺相如的机智和勇敢，使赵国没有丢掉和氏璧，也没有受到屈辱，更没有引起秦赵两国的战争，所以赵王对蔺相如给予极高的奖励，封蔺相如为上大夫。

赵惠文王二十年（前 279 年），秦王约赵王在叫渑池的地方相会，表示两国和好。对这个约会，赵王心里有些害怕，不知道秦王会玩什么把戏，所以不想赴约。

但是，赵国的名将廉颇和蔺相如都主张要去，否则便是示弱。于是，君臣们商量妥当，由蔺相如陪同赵王赴约，廉颇则调重兵驻守赵国边境，并且约定如果赵王三十天还没回国，廉颇就在国内拥立太子为王，以免秦国挟持赵王，向赵国勒索。

渑池之会，秦国倚仗着强大的兵力，对赵王十分轻视。酒至半酣（hān），秦王忽然请赵王鼓瑟。瑟是一种乐器，赵王不敢得罪秦王，只好鼓瑟。

当时站在旁边的秦国史官便写道："某年某月某日，秦王命令赵王鼓瑟。"这条记录分明是侮辱赵国。蔺相如立刻拿了一个盛酒的瓦盆，走到秦王面前，对秦王说："赵王听说秦王也懂音乐，现在就奉上一个瓦盆。请秦王敲击，以为娱乐。"

秦王看到蔺相如的举动，大为生气，当然不肯敲击。蔺相如手捧瓦盆，跪在秦王面前，严肃地说："五步之内，我蔺相如愿意以头颈上的血溅到大王身上。”

蔺相如的话，充满了威胁，很明显地，如果秦王不肯敲击瓦盆，蔺相如就要行刺秦王，和秦王同归于尽。秦王的左右拔出刀来，蔺相如用愤怒的眼神扫射过去，秦王的左右吓得不敢动。

秦王眼见情势不妙，蔺相如距离自己太近，如果动起手来，左右的人恐怕来不及救援，自己非死即伤，于是，只得勉强对瓦盆敲击一下。

蔺相如马上召来赵国的史官，叫史官写下来：“某年某月某日，秦王为赵王击瓦盆。”这算是对秦国的回敬。

渑池之会，秦赵两国针锋相对，由于蔺相如的机智勇敢，秦国一点便宜也没占到。秦国又想以武力劫持赵王，却怕廉颇屯集在边境上的精兵，最后只好作罢，放赵王回去。

赵王对蔺相如的表现万分激赏，回国以后，论功行赏，封蔺相如为上卿，也就是宰相，蔺相如成为群臣中官位最高的人。

廉颇是赵国的名将，战功彪炳，他十分不服气蔺相如竟然官位比他高，于是对朋友们说：“我有战场上的大功，而蔺相如不过有口舌之劳，他凭什么官位比我高？我不愿意居他之下，我如果见到蔺相如，非羞辱他不可。”

蔺相如听到廉颇对他不满意的消息，便设法躲避，不肯和廉颇见面。上朝的时候，如果廉颇来了，蔺相如就请病假。

有一次，蔺相如坐车上街，远远望见廉颇迎面而来，立刻命令车夫把马车驶入另一条街，躲避起来。蔺相如的随从人员看到这种情形，心里大不为然，就向蔺相如说：“我们跟随你，是佩服你的勇敢。现在你的地位和廉颇相等，你却那么害怕廉颇，见了廉颇竟要躲起来，连平常的人这样做都会觉得没有面子，何况你身为宰相啊！我们实在看不惯，感觉到真是丢脸，我们不想再跟随你了！”

“慢着！”蔺相如举手阻止那些准备离去的部下，“你们看廉将军和秦王哪一个比较厉害？”

“当然是秦王比较厉害。”部下们异口同声地说。

廉颇负荆请罪，选自《马骀画宝》。

蔺相如点点头，用爽朗而坚定的语调说："以秦王那么大的威势，我蔺相如竟敢在宫殿上指责他，而且没有把秦国的群臣放在眼里。我虽然笨，但怎会单单只害怕廉将军呢？我只是想到，强大的秦国为什么最近不敢来侵犯赵国？那是因为害怕廉将军和我两个人。如果我和廉将军互斗起来，造成两败俱伤，甚至两个人都死了，这正是秦国求之不得的事。我要躲廉将军不是怕廉将军，而是怕万一和廉将军冲突起来，对国家不利。我觉得一切事情要先以国家为重，私人的怨恨要放在后面慢慢解决啊！"

"先公而后私，多伟大的胸襟啊，请原谅我们的无知吧!"随从的人都跪在蔺相如的脚下，他们现在才真正了解，蔺相如是一个多么令人敬佩的大丈夫。

蔺相如的话很快传到廉颇的耳朵里，廉颇深受感动，立刻跑到蔺相如的家里，肉袒负荆（肉袒就是把衣服脱下，露出肌肤；负是背的意思；荆是一种灌木，可以削来做成鞭子打人。肉袒负荆就是裸露上身，背上背着一根鞭子）向蔺相如请罪。

"我是一个鄙贱的人，不知道你是如此宽大，请原谅我吧！"廉颇在蔺相如面前跪下来。

"请起，请起！"蔺相如连忙扶起了廉颇，"只有我们内部团结，敌人才不敢前来侵犯，如果我们内部相争，秦国很容易就会消灭掉我们。"

"是的，我们要团结，为了国家而团结!"廉颇紧紧地握住蔺相如的双手。

这两个赵国的将相从此结为生死之交，是赵国之幸。同时，廉颇的"负荆请罪"也成为一段历史佳话。

养士装狗救了孟尝君

战国时代养士风气盛行，王公贵族和当权大臣都争着养士。这些士，有些是文人，也有江湖客，三教九流，各色人物都有。有的贵族门下养了几千名食客，供吃供穿供住。他们养这么多士是有用处的。

孟尝君名叫田文，他父亲田婴是齐国的贵族，曾经担任宰相。田文是五月初五出生的，根据迷信，这天生的小孩长大了会克父母，田婴主张杀掉，可是田文的母亲舍不得，偷偷把他抚养长大。到了五岁时，田婴有天发现自己的儿子没死，大发脾气。

田文毫不畏惧，仰着小脸问田婴："父亲，你为什么讨厌我？"田婴说："五月五日不吉利，这天生的儿子长大后，会长得和大门一样高，会克父母。"田文说："咦，把门加高不就行了？"他父亲被这句话问住了，心中对田文的聪慧非常赞赏，当然也就不再杀儿子了。

等到田文十几岁时，擅长交际应酬，宾客们都喜欢和他亲近，连外国使者到了齐国也纷纷要求见田文。他父亲死后，田文就继承爵位号为孟尝君。

孟尝君这个人最好交朋友，他继位后大兴土木盖馆舍，招待天下宾客。凡是到他那儿的，不管有没有才干统统收留。若是某人惹了麻烦找孟尝君帮忙，他也从来不会拒绝。

孟尝君虽然地位高，但他的生活和宾客完全一样。有一次，他和宾客们一块儿用晚餐，有人用手遮住了他面前的烛光。有个客人说，“啊，一定是孟尝君的碗里有好菜怕咱们看见”，当场摔了筷子就走。孟尝君知道原因后，赶快捧着菜去让他看，果然菜是一样的。那个客人羞得面红耳赤，拿出佩刀就自杀了。孟尝君亲自为他办丧事，而且哭得泪如雨下，其他宾客看了深受感动。以后去投奔孟尝君的人愈来愈多，每次开饭常有三千人用餐。别的国家听说齐国有如此贤人，对齐国也敬畏三分。

秦王特别派人去见齐王，表示想见孟尝君的庐山真面目。秦国是虎狼之国，齐王不敢得罪，于是孟尝君便率领一千多名宾客到了秦都。

秦王看到他，高兴得走下台阶拉着他的手问好，孟尝君立刻献上厚礼——一件白狐裘，毛有二寸长，又细又软，像雪一般耀眼，价值连城，天下无双。秦王高兴得马上穿起来，跑到后宫向宠妃燕姬夸耀。

狐裘，选自《三才图会》。

燕姬一撇嘴一扭腰：“这种皮袍多的是，有什么神气？”

秦王摸着衣裘叫道：“狐狸要长到几千岁，毛的颜色才会变白，这件皮袍，是用狐狸腋下一片小毛连成的，你看要多少老狐狸的毛？还说不名贵！”接着，他小心翼翼脱下收起来。

秦王很欣赏孟尝君，想请他当秦宰相。秦国宰相吓得托人去告诉秦王：“当心孟尝君当了宰相后出卖秦国。”

秦王说：“那么让他回去吧。”手下人却说：“不行，他和他的一千多名客人在这儿住了一个多月，把秦国摸得一清二楚，如果放他回国太危险，不如杀了以去后患。”秦王一时还下不了决心。

孟尝君得到消息，不知怎么办才好。秦王的弟弟与他私交不错，建议道：“我哥哥最听燕姬的话，你不如找她说说看。”孟尝君马上带着白璧去求见，没想到燕姬说：“白璧不稀罕，我喜欢白裘，你送我一件吧。”

可是，唯一的一件白裘已送给秦王了，怎么办呢？孟尝君焦急地踱来踱去，这时有个宾客站出来说：“我有办法，我会学狗叫，可以混进宫，把白裘偷来。”孟尝君回头一看，原来是个以前当小偷的，他高兴地说：“真是天不绝我。”

到了晚上，那宾客披了一件狗皮，偷偷爬进宝库，“汪汪”地叫着，守卫们毫不理会。等到守门的睡了，这妙贼就用钥匙打开柜子，偷到白狐袍。孟尝君立刻将它又送给燕姬，燕姬十分开心，便劝秦王：“孟尝君到我国来友好访问，你竟然要砍人家的脑袋，以后有才能的人谁敢来秦国？”秦王想想有理，下令发还孟尝君的马车，放他回国。

冯驩替主人买得仁义

孟尝君带领许多宾客到秦国访问，送给秦王一件珍贵的白裘。秦王听了宰相的话，觉得留着孟尝君对秦国不利，准备杀了他。孟尝君向秦王宠妃燕姬求情，燕姬要求以白裘为代价。孟尝君的宾客把送秦王的白裘偷回转送燕姬，如此秦王才放了孟尝君。

话说孟尝君等一行连夜赶到函谷关，这是离开秦国的关口，出了关，秦国就没法管了，可是，函谷关规定，天亮开门，天黑关门，孟尝君等人来到函谷关时，天还未亮，城门尚未开。他正怕秦王忽然反悔派兵追来，不知如何是好时，忽然间，“喔！喔！喔！”，公鸡叫了。原来又是孟尝君的宾客搞鬼，用口技装鸡叫；别的鸡以为天亮了，也跟着啼叫不已。守门的士兵急忙揉着眼睛来开城门，孟尝君乘机溜出城。靠着这些“鸡鸣狗盗”的宾客，孟尝君总算逃出了魔掌。

秦国宰相听说秦王放走了孟尝君，大惊失色道：“大王啊，你就是不杀孟尝君，也该留着做人质，怎么可以让他走呢?”于是秦王马上派兵去追，早就追不上了。正在这时，又看到燕姬披着白裘走过来，秦王立刻明白怎么回事，不由得长叹一声：“孟尝君有鬼神难测的天机，果然是天下贤士啊!”

因此，孟尝君的名声更响亮了。他经过赵国时，赵国人纷纷跑出来瞻仰他的风采。一看之下，一些人大失所望笑道：“原以为他是个魁梧的伟丈夫，没想到又小又矮，真不像样。”到了当天晚上，所有嘲笑孟尝君的人的脑袋都搬了家，人们知道准是孟尝君宾客干的事，就都不敢吭声了。

孟尝君回到齐国，齐王对他更加重用，来投奔他的宾客愈来愈多。他把宾客的待遇分为上中下三等。一天，有个穿得破破烂烂的彪形大汉来见，说自己叫冯驩（huān），是齐国人。他说："听说你喜欢宾客，不论贵贱都收，所以我就来啦。"孟尝君便打发他住在下舍。过了几天，孟尝君问下舍长（管理下舍的人）："新来的宾客平常做些什么？"舍长说："那位冯先生很穷，只有一把长剑。每次吃完饭便舞着剑唱：'长剑啊，我们回去吧！这儿没有鱼吃。'"孟尝君笑道："这是嫌菜不好。"于是他把冯驩迁到中舍。过了五天，中舍长报告："冯驩仍舞剑唱歌，只是歌词改为'长剑啊，我们回去吧！这儿没车。'"孟尝君立刻把冯驩搬到上舍，冯驩每天乘车日出夜归，又唱："长剑啊，我们回去吧！这儿无以为家。"孟尝君皱眉说："真是贪得无厌。"但他还是派人伺候冯驩，从此冯驩不再唱了。

冯驩弹剑客孟尝。选自《东周列国志》。

过了一年多，管家的来报告："钱和粮食只够一个月用了。"原来孟尝君是靠收薛城的租税和利息来养宾客的。孟尝君一查借据，发现欠他钱的人很多，就问左右："有谁能替我收薛城的债？"下舍长说："那位冯先生没有什么长处，人倒还忠厚老实。"于是，孟尝君征询冯驩的意见，冯驩果然满口应诺。

薛城一万多家几乎都借了孟尝君的钱，听说孟尝君派人来收利息，去缴钱的很多，共有十万息钱。冯驩用这笔钱买进大量牛肉、美酒，贴出告示:“凡欠利息的，无论能否偿还，请明天来核对借据。”

因为有酒有肉，第二天，欠债的大都赶来了。冯驩让他们大吃大喝，自己在一旁观察，看看是不是真的穷苦。吃完后借据逐一核对，生活还过得去的，便约定写明偿还日期；真正贫困的都跪在地上恳求宽限几天。冯驩一言不发，把一叠穷人的借据统统用火烧光了，并说:“孟尝君借钱给你们不是为求利，是担心你们不能过日子。可是他养了几千宾客，收入不够开支，你们还得起的，请一定在约定日期还来，实在还不起的也就算了。”百姓都磕头欢呼:“孟尝君真是我们的再生父母。”

早有人把冯驩“发神经”的事飞快禀告孟尝君了，孟尝君气得半死，派人催冯驩回去。冯驩空着双手笑嘻嘻进来，孟尝君故意说:“你辛苦了，账都收来了吧？”冯驩说:“不但收了账，还收了人心！”孟尝君立刻脸色大变，冯驩赶忙解释:“我不请酒肉，欠债的根本不会来，能还的已定下还钱日期；还不起的，把他们逼急了只有逃亡；薛城是封给你的，他们不安居，你如何能安心？我帮你赢得仁义之名还不好吗？”孟尝君心中大不为然，但借据被烧掉了，也只好无可奈何地苦笑谢谢冯驩。

因为孟尝君离开秦国，秦王很不开心，就散布谣言说:“天下只知孟尝君，不知齐王。”齐王中了计，罢孟尝君相位，贬归薛城。孟尝君的宾客见他不得志，统统走光了，只有冯驩不忍离去，并为他驾车。还没走到薛城，薛城的百姓便扶老携幼争着献酒献肉。孟尝君叹道:“这都是冯先生为我收得的效果。”冯驩说:“还不止此呢，你借我一辆车更有得瞧！”

冯驩拿到了车，先去见秦王，建议秦王用孟尝君，然后又去见齐王，警告他:“倘不用孟尝君，就要被敌国抢走了。”齐王起初不信，派人到边境一看，果然秦国派了十辆马车，载着百镒（yì）黄金来了，赶忙恢复孟尝君相位，再加封食邑千户，当然散去的食客又一个个奔回了。

战国时代养士风气盛行，是因为能提高自己及国家的威望，有时所养的宾客确能尽忠效命。可惜他们多半过分看重财利，未必是道义之交。像冯驩这种人并不多。

信陵君救赵

战国时代有四大公子：齐国的孟尝君、魏国的信陵君、楚国的春申君及赵国的平原君。他们都是以养士而著名的人物。上次我们介绍了孟尝君，现在再讲一个信陵君的故事。

信陵君是魏昭王的小儿子，名叫无忌，对人有礼貌，又非常谦虚，最喜欢交朋友。他和孟尝君差不多，也养了三千食客。

魏国有个叫侯嬴（yíng）的老人，七十多岁了，仍在做守门的小官。他学问道德都很好，人们尊称他为侯生。无忌亲自驾车去拜见他，还带了四百八十金作见面礼。没想到侯生把钱统统退还道："我从来不平白无故拿别人的钱，对你也不能例外。"无忌很失望，不敢勉强，心中对他却更钦佩。

有一天，无忌请客，魏国所有的贵族大官都到齐了。大家坐定后，只留下左边的首席是空的，公子无忌亲自驾车去迎这位贵客——侯生。侯生也不客气，大摇大摆坐上车，而且对驾车的人说："等一下，我要先绕道去看个老朋友。"

到了一家肉店门口，侯生便下车去找屠夫朱亥聊天，两个人站在肉案子前谈得很起劲。侯生还不时斜眼偷看无忌，看看他是否有不耐烦的表情。无忌脸色倒很平和。无忌手下的几十个人见侯生唠叨个没完，讨厌极了，有的甚且偷偷咒骂他。

信陵君驾车请侯嬴赴宴，清吴历绘。

等到侯生谈够了，已是下午时分。在无忌家等待吃中饭的客人，肚子都饿极了，以为一定是在等了不起的贵人。听说“回来了”，他们连忙都赶到门口去迎接，结果一看，竟然是个邋邋遢遢的糟老头，不禁愣住了！等到客人们知道侯生是个小小的守门官，心中很不以为然。侯生也不管这些，神气地坐在首席，大嚼大吃起来，并对无忌说：“我不跟你客气，就是要大家因此更钦佩你。”客人们听了都掩着嘴暗笑。

席散后，侯生成为无忌的上客。侯生向无忌推介肉贩朱亥，无忌就常常去肉铺看朱亥。朱亥从不回拜，无忌也不怪他。

无忌的姊姊嫁给赵国的平原君，刚好魏王又任命无忌当宰相，因此魏赵两国关系很好。有一年，秦王出兵打赵国，魏王派大将晋鄙去救赵国，秦王马上威胁魏王：“谁敢救赵，我就先攻打谁。”吓得魏王叫晋鄙不要出兵，驻扎在邺下。

无忌急得要命，轮流派会说话的宾客去劝魏王出兵，魏王总是不答应。最后，无忌决定率领一千多宾客去对抗秦军，为平原君牺牲。经过城门时，侯生只淡淡地对无忌说：“公子多保重，我年纪大了，无法跟你去，别见怪！”无忌很难过地走了十几里，心中嘀咕着：“我对侯生不错呀，这次显然是一去不回了，侯生竟然不劝阻我，也不出计谋，真是十分奇怪。”于是，就让大家暂等一会儿，他独自回去找侯生，宾客们都说：“这种半死老翁，你找他有何用？”

侯生站在城门口，看到无忌的车骑笑道：“我早猜到你一定会回来。”无忌问：“为什么？”侯生说：“你待我很不错，现在你去冒险，我居然不送你，你一定恨我，所以我晓得你会回来。”无忌不好意思地笑笑：“我怕有什么地方对不起你，特地回来问问。”

侯生说：“你养宾客几十年，没听说谁出过好主意。你去碰秦兵，有如用肥肉喂饿虎，有什么用？”接着，侯生便献上一条妙计：魏王的宠妃如姬的父亲被人害死，无忌的宾客帮她报了仇，因此她对无忌非常感激。现在晋鄙的兵符挂在魏王的卧房里，不如拜托如姬把兵符偷出来。无忌一听非常开心，马上照着去做。第二天，如姬就把兵符偷来，交给无忌，侯生又建议由大力士肉贩朱亥陪同一起前去，以备万一。然后侯生说：“按道理我当随行，可是老夫老了，让我的灵魂陪你去吧！”说罢自刎而死，无忌想阻止也来不及，

如姬偷出兵符，信陵君的手下在门外等候，选自明刊本《新镌绣像列国志》。

只能悲痛地对侯生的尸体下拜。

无忌赶到邺下，见了晋鄙说：“国君怕你太累，叫我来代替你。”然后无忌掏出兵符给他看。晋鄙觉得很奇怪，心想，“我又没犯错啊！”，口上说：“实不瞒你，这是军机大事，我还要奏请王上问个清楚。”话没说完，杀猪的朱亥大喝一声：“你不听从王命，想造反吗？”朱亥抡出袖中四十斤重的铁锤，对着晋鄙的头便是一击。晋鄙脑浆迸溢，当场气绝。

晋鄙的手下都看呆了，谁也不敢吭声儿，乖乖接受无忌指挥。无忌一鼓作气，率领宾客打前锋，魏国大军殿后，向秦军进攻。秦军没有想到魏兵会突然来进攻，惊惶失措，吃了一次败仗，赵国的危机也随之解除了。无忌便靠着宾客的帮忙，漂亮地打了一场大胜仗。

苏秦做了六国宰相

战国时代七雄（七个强国，齐、楚、燕、赵、韩、魏、秦）并起，到了后来秦国最为强大，尤其秦国打败魏国后，就像是猛虎出了兽笼。于是，苏秦提倡“合纵”政策，就是联合其他六国来共同抵抗秦国。

苏秦是洛阳（在今河南省西部）人，他和张仪曾一同拜鬼谷子为老师，学成以后下山回家。在家里待了几天后，苏秦想到各国去活动一下，谋个一官半职，于是请求父母变卖家财充当路费。他母亲、嫂子、妻子都不赞成，反复劝他：“你种田或是做生意赚钱都可以，却想凭着一张嘴巴求取富贵，这不是开玩笑吗？将来连饭都会没得吃！”

他两个弟弟也劝他：“你还不如求周天子，在本乡也可以出名，为什么要到外国去呢？”原来洛阳是周天子直接管辖的地区。苏秦遭到全家反对，只好去见周天子。周天子的手下知道苏秦家里穷，认为他不会有什么本领，没有人肯在周天子面前推荐他。结果苏秦在宾馆里待了一年，连周天子的宫门都从未踏进一步，气得他回家卖了家产，换了两千四百金，做了一件昂贵的黑貂皮大衣，买了豪华的马车，雇了几个佣人，然后，周游列国，考察山川地形、人物风土。旅行了几年，却没有一个君主肯用他。

这时商鞅在秦国变法，很得秦王重用，苏秦准备也到秦国求发展，没想到等他到了秦国，商鞅已死。新即位的秦惠文王最讨厌献计的谋士，不愿意接见苏秦。可怜的苏秦钱用光了，黑貂皮大衣穿破了，折腾几年仍旧是个无业游民，只有把车马卖掉作为路费，一个人扛着行李颠颠簸簸地走回家，面容憔悴、乌黑，看起来像个病人。

苏秦回到家，他妻子正在织布，见苏秦回来，连眼皮都懒得抬起来；他的父母绷着脸不理他。苏秦饿得受不住，请嫂嫂做点吃的东西，他嫂嫂一翻白眼喝道："家里没柴啦。"苏秦难过得眼泪直流，现在他知道没有真才实学，光凭口才好是没有用的，从此痛下苦功求学问。

苏秦从外面失意归来，妻子仍然织布。明谢时臣绘。

读书本来是一件苦事，苏秦发愤读书，怕自己偷懒贪睡，想了一个法子。他一瞌睡，就用尖尖的锥子猛刺自己的大腿，鲜血直流，痛得睡不着，只有继续苦读。同时，他仔细研究天下大势，对列国局势有了深切的了解。如此过了一年，然后他向弟弟借了路费，告别家人，又上路了。

此时战国七雄之中，仍以秦国最强大。但是上回苏秦已在秦国碰了壁，不敢再去冒险。于是他日夜苦思，想出一个伟大计划——"合纵"。那就是联合韩、赵、魏、楚、燕、齐六个国家同一阵线对付秦国，孤立秦国。可是六国之间，仍然明争暗斗，彼此不合，亏得苏秦凭着三寸不烂之舌到各国去游说，才使合纵计划能够完成，而且这其中有部分

六国封相。清代年画。

是靠了他利用老同学张仪的关系。其中有段有趣的故事在这儿先卖个关子，大家看了张仪的故事就明白了。

六国联合的阵线结成了，六国同时请苏秦当宰相，苏秦佩六国的相印，可够神气了。他的车队走在路上，前前后后有二十里长，各国的官员远远望着车子扬起的尘土下拜。以前不屑见苏秦的周天子，现在听说他要回洛阳，居然先派人清扫道路，在郊外为他搭了帐篷，里面摆满了好吃的大菜供他享用。

苏秦的老母亲扶着拐杖站在路旁观看，嘴里赞个不停；他的两个弟弟、妻子及嫂嫂跪在道路旁迎接，头不敢抬，眼睛也不敢向上望。苏秦在车里斜着眼对他嫂嫂说：“咦，你以前不是不肯做饭给我吃吗？现在又何必这么客气？”苏秦的嫂嫂说：“你现在有钱又有势，和从前不一样了。”

苏秦叹了一口气，把家里的人接上车，共享荣华富贵。像苏家这般实在太势利了，不值得效法。但也要记着：人要有本事，才抬得起头！

张仪的舌头

上篇故事中，说到苏秦当了六国宰相用“合纵”政策对抗秦国的故事。我们再看看秦国方面的主要人物——张仪的故事，而且跟苏秦还有很微妙的关系哩。

张仪是魏国人，和苏秦一同拜在鬼谷子门下学外交。学成以后，本来想在魏国找事做，可是因为家里穷，没有办法用红包买通魏王的手下，因此见不到魏王，只好到楚国，在宰相昭阳家中当门客。

昭阳带军攻打魏国，连下七城。楚王很高兴，就把最宝贵的和氏璧（一块无瑕疵的玉）赏给他，昭阳也觉得非常光荣。因为担心被人偷走，他时时刻刻把它揣在怀中，常常摸一摸，看一看，爱得不得了。

有一天，昭阳带着一百多个宾客到赤山去玩。那儿风景美丽极了，尤其是赤山下的深潭，相传姜子牙曾在此钓鱼，更增加了它的传奇性。大家饮酒作乐，喝得醉醺醺时，几个客人一起央求昭阳把和氏璧拿出来，让大伙也开开眼界。

昭阳答应了，很慎重、小心地把这无价之宝捧出来。哇！这和氏璧真是美极了。大家一个个传观，每个人都不停地点头，赞不绝口。正在此时，忽然有人叫：“潭中有大鱼跃起！”昭阳连忙跑过去依着栏杆观看，其他宾客也纷纷靠过来看。那大鱼跳起来有一丈多高，惊得许多小鱼也跟着跳跃不已。正看得起劲时，忽然雷声轰轰，似乎马上要下大雨了。昭阳便吩咐：

“回去吧！”可是在这一阵混乱中和氏璧竟不见了。谁也记不得刚才传到哪个人手中。乱了一阵子仍找不到，昭阳十分愤怒，只好回府。

新石器时代玉璧。

有一个手下人说：“张仪那个穷小子，品行向来不好，这玉璧一定是他偷的。”刚好昭阳心里也怀疑张仪，就叫人把张仪五花大绑，狠狠用竹子猛抽拷问，打得遍体鳞伤，奄奄一息。但是张仪确实没有偷，怎么交得出和氏璧呢？张仪当然抵死不肯承认。毒打一番后，昭阳便一脚把张仪踢出大门。

张仪一拐一拐地回到家，他妻子看见心疼死了，一面帮他敷伤，一面忍不住埋怨：“哎，要是你安分守己种田过日子，怎么会碰到这种倒霉事？”张仪张开大口，很紧张地问：“我舌头还在吗？”他妻子笑道：“还在。”张仪说：“舌头在，就是我的本钱，你等着看吧。”休息一段日子后，张仪就回魏国去了。

过了半年多，张仪听说老同学苏秦在赵国很得意，打算去拜访他。正准备出门，在门口遇到从赵国来的贾舍人，便再求证道：“苏秦真的当了赵国的宰相吗？”贾舍人说：“当然。”而且还邀张仪同往赵国。到了赵国边境，贾舍人说另有他事，两人便分手了。

第二天，张仪带了名帖去见苏秦，到了相府门口就被门房一口回绝，说是苏秦不见。第三天还是不见。到了第五天，名帖总算送进去了，相府的人却说宰相忙，改天再来吧。张仪气得要回魏国，但旅馆老板说：“你的名帖已给了宰相，万一有一天他来这儿要人怎么办？”硬不准张仪走。张仪又烦又闷，最后决定去向苏秦告别。这次，苏秦虽然没有接见，但告诉看门的：“叫他明日再来。”

张仪简直气坏了，但也无可奈何。为了追求富贵荣华，他也只好耐着性子等待。

苏秦和张仪斗法

魏国人张仪在楚国宰相昭阳门下为宾客，昭阳的宝贝和氏璧在传观的时候被人摸走了。因为张仪贫穷，昭阳便怀疑是他偷的，把他打得死去活来。张仪倒看得开，他认为“舌头还在，就有办法”。后来他听说老同学苏秦在赵国做到宰相，有意去赵国求发展，刚好碰到贾舍人，两人便一起到赵国去。没料到，到了赵国以后，他屡次求见苏秦，苏秦都不理睬，尽给他吃闭门羹。张仪正气得想回国时，苏秦却又说可以见他了。

隔日清晨，张仪便在相府门下守候，苏秦命人关紧大门，叫张仪自旁边小门钻入。他正要踏上台阶，卫兵又喊住他：“相国还在办公，你等一等。”张仪等了又等，快到中午才有人唤他进入。一进去，发现苏秦大模大样高坐上面也不起身相迎，很轻蔑地招呼着：“饿了吧，吃完饭再说好了！”说着，苏秦命人摆张桌子在厅堂下面。苏秦自己的饭桌上，山珍海味应有尽有，而张仪桌前的呢？一点肥肉，一盘青菜，一碗粗米饭罢了。张仪气得不想吃，可是肚子实在太饿了，只好低着头扒饭，一抬头，却看见苏秦给手下的剩菜比自己的丰盛得多，真是又羞又恼，勉强吃完了饭。这时苏秦才传言“请客上堂”。张仪一看，苏秦仍坐着不动，气得跳起来大骂：“混蛋苏秦，我以为你不忘老朋友，才来投靠你，你为何如此侮辱我？”

苏秦慢条斯理地说："你比我能干，一定会比我有办法，没想到你如此狼狈！万一我推荐你，你又不振作，我岂不倒霉？"张仪怒吼："噢？我非你推荐不可？"苏秦冷笑道："不然，你来找我干吗？"说完，他丢了一些金子给张仪打发他上路。张仪气得把金子用力摔在地上，气汹汹出了相府。回到旅店，却看到自己铺盖已被搬到外头。老板说："宰相一定请你搬到宾馆去了吧。"他既付不出房钱，又有口难言。

这时，贾舍人从远处走来问："看到相国了？"

张仪越发火冒三丈，大骂道："休提那无情无义的贼！"接着把经过叙说了一遍。贾舍人说："我替你付了房钱，送你回魏国吧。"张仪说："我没有脸回魏，七国中只有秦可对付赵，我想到秦去，只恨没路费。"贾舍人说："我正要去秦看朋友，咱们一起做个伴吧。"张仪感动得紧紧握着贾舍人的手："世界上有你这么好的人，苏秦听到了该羞得去自杀。"两人并八拜为交，结为兄弟。一路上，贾舍人为张仪买衣服、雇仆人，阔气得很，到了秦国，又拿出一大笔钱做红包，买通秦王手下为张仪铺路，使张仪有机会在秦王面前表现才能。

经过一席商谈，张仪马上被秦王请作顾问，这会儿张仪可扬眉吐气了。

此时，贾舍人急急求去，张仪真舍不得："以前我倒霉得要命，全是靠你帮忙，现在我出头了，正准备报答你，干吗非走不可呢？"贾舍人笑道："其实帮你忙的是苏秦。他派我假冒商人到魏国去接你，然后又故意待你不客气，刺激你投奔秦国向他报仇，并拿了一大笔钱，告诉我，随便你花多少都可以。你才华高，迟早会被秦王发现的。苏秦正用'合纵'抗秦，能破坏他计划的就只有你了。请你多帮他的忙。"

张仪感叹道："我这个老同学真有一手，请你代我向他道谢。请他放心，他在赵国一天，我绝不攻赵国。"

后来，苏秦联合齐、楚、燕、赵、韩、魏六国抵抗秦，秦王准备出兵打赵，破坏"合纵"。因有约在先，张仪便劝秦王："六国刚刚联在一起，我们一出兵打赵，其他五国一定合力攻我们。不如把公主嫁给燕国，和魏讲和，先实行分化，再各个击破，这样就能破坏他们的团结了。”这就是“连横”计划。

果然，魏国上当了。别的国家看见魏国和秦国联好，心中很气，开始自相残杀，姑息共同的敌人。“合纵”政策便无形中瓦解了，秦国也就轻轻松松地把六国一个个吃掉。

屈原、张仪、楚怀王

每年到了端午节，家家户户都要吃粽子，人人都晓得粽子是纪念屈原，也晓得屈原是因楚怀王的缘故去投汨罗江而死的。但是其中还牵涉到张仪，恐怕很少听说过吧。

屈原是个有学识、有操守、忠君爱国的贤臣，然而楚怀王是个愚蠢的君主，不能重用他。当时，齐楚联合对付秦，原是一条好计策，秦王很担心，不知怎么办。张仪对秦王说："我凭三寸不烂之舌，一定能使楚怀王断绝与齐国的关系。"秦王就派张仪去做破坏工作。

楚怀王久闻张仪大名，认为秦国派张仪出使楚国，他脸上很有光彩，因此亲自到郊外去迎接，很客气地请问张仪："有何见教？"

张仪就说了："现在天下只有齐、秦、楚三国最为强大，秦和齐联合，齐就强大；秦和楚相和，楚便兴盛。现在秦王愿意以秦女为楚妾，秦楚结为姻亲，而且答应把商鞅占领楚国的六百里地，归还给楚，你看如何？"

楚怀王乐得猛点头道："哎，不好意思，不好意思，秦王怎么对我这么好呢？"底下的群臣也都开心万分，这时有个大臣陈轸（zhěn）却站出来说："不可，不可，这件事该哀悼不该庆贺。"楚怀王瞪眼道："平白无故得六百里地还不高兴？"陈轸说："你以为张仪这个人可以相信吗？"

屈原在一旁已忍了很久，这时也开口了："张仪是个反复无常的小人，绝对不可听他的鬼话！"楚怀王认为屈原得罪张仪大为不该，忙向张仪赔罪，同时派人随同张仪前往秦国接收六百里地。

张仪带领了楚国使者到了秦国。快到秦国都城咸阳城时，他忽然假装酒醉，失足落到车下。左右把他扶起后，张仪唉声叹气：“糟了，我足胫（jìng）扭伤了，要赶快看医生。”于是他把楚国使者留在旅馆，自己回家养伤，一养就是三个月，不出门也不上朝。

楚国的使者等得不耐烦了，就上书秦王，请他赶快交出六百里土地。秦王回答：“既然张仪和楚王有约，我一定守约。只是现在张仪在养伤，我怕被楚王诈骗，还是等张仪上朝问清楚再谈吧！”

这时，屈原又劝楚怀王别上当了，但楚怀王不理，反以为秦王不明白自己与齐断交的决心，竟然派一个人去齐国，把齐王大大辱骂一番。

屈原，选自《历代名臣像解》。

齐王没头没脑受了侮辱，一怒之下，和楚国翻脸，反过来低声下气地同秦国结交。张仪一看齐、楚两国的关系，果然被他的诡计破坏了，病马上痊愈。张仪召见楚国使者说：“可赐你们六里地。”

明明讲好是六百里，怎么变成了六里？楚国使者当然抗议，然而张仪毫不理会，还装模作样地说：“楚王恐怕听错了吧，这些领土是好不容易才攻下的，哪里会随便送人？”楚怀王知道中计了，恼羞成怒，发兵攻秦，但楚军又打不赢，不得已只好跟秦议和。楚怀王的唯一要求是得到张仪，甚且愿意白白献上黔中这个地方。

秦王知道楚怀王想杀张仪泄恨，认为绝不可送张仪入虎口。没想到，张仪竟自告奋勇去楚国，他相信自己不会有危险。

张仪到了楚国，他买通奸臣靳尚帮忙说话，又跑到楚怀王宠姬郑袖面前说道："秦王不知楚怀王生我气，才派我出使楚国。现在听说楚怀王要杀我，秦王将还给楚失地，并派一个会唱歌的美人来赎我的罪。美人一到，你就得打入冷宫了！"

郑袖急死了，这时奸臣靳尚献上一计。郑袖哭哭啼啼地去见楚怀王，表示要离开他，因为如果楚国把张仪杀了，秦一定会来攻打楚，那她自己的命也不保了。靳尚又在旁添油加醋，劝楚怀王别轻易丢弃黔中这个地方。楚怀王被美人冲昏了头，竟然放张仪走了。

屈原当时不在国内，回国后听说了这一件荒唐事，乃上谏怀王："以前大王被张仪骗得团团转，这回张仪自投罗网，你不吃他的肉，反而听他一派胡言，准备事秦，将遭天下共愤。"楚怀王这时才醒过来，派人去追张仪，早就追不到了。

但是昏庸的楚怀王一会儿又上当了。秦王骗楚怀王说："秦国美女天下无双，请到秦国面谈。"好色的楚怀王一听就心动，起身到秦国去，屈原怎么劝都没有用，楚怀王后来果然就在秦国被害死。其子芈横继位，哪知竟然比怀王还要昏庸愚蠢。

屈原活在君王昏庸、小人当道的环境中，满腔爱国情思不能发挥，怎不伤心失望呢？悲愤之下，屈原投江而死。楚国百姓一向敬仰屈原是爱国的大忠臣，为了不让鱼吃他的尸体，特把米放在竹筒内丢在江内给鱼吃，后来演变成包粽子的风俗。这种对忠臣表达敬意的习俗，也就流传至今。

范雎“死”而复生

春秋以前，社会阶层划分得很严，平民没有接受教育的机会。到了战国时代，由于贵族没落，学术渐渐普及民间。从此以后，只要肯努力，一定能出头。范雎，就是从穷苦中熬出来的。

范雎是魏国人，学问很好，因为家中贫苦，没有人肯向魏王推荐，只好在中大夫须贾手下做事。由于范雎口才不错，所以须贾被派去齐国谈判的时候，便把范雎带在身边。

到了齐国，齐王想起以前燕国攻齐时，魏国曾帮助燕国，十分愤怒，不肯谈判。须贾愣在一旁，呆呆地不知怎么办。范雎一步向前，指正齐王，是齐先侵略燕国，魏国看不过去才仗义出兵的……齐王自知有愧，不断道歉，对范雎的勇敢，佩服不已。

齐王派了人偷偷去拉拢范雎道：“我们国君很欣赏你，想留你在这儿当顾问，请你千万别推辞！”范雎摇摇手说：“这不可以，一个人不忠心，还算个人吗？”齐王知道了，更加钦佩，送来十斤金子及大批酒肉，范雎怎样也不肯收，最后勉强把酒肉留下。

早有人在须贾面前打范雎的小报告，所以须贾连忙找他来问话。范雎告诉须贾经过情形，须贾冷笑道：“他干吗不送我礼物，偏偏一心一意讨好你？八成有问题！”回到魏国，须贾报告魏国宰相魏齐，魏齐立刻派人捉拿范雎，审问他：“说！你泄露了什么秘密？”范雎说：“没有。”魏齐不相信，命手下把范雎的牙齿打碎，肋骨折断，扔到厕所，叫大家在他身上大便、撒尿，说是处罚卖国贼。

到了晚上，范雎夜中痛醒，哀求守卫："请你让我回去，死在家里。我会重重谢你！"那守卫看在钱的份上，跑去告诉魏齐："范雎的尸首躺在厕所，又臭又不卫生，不如扔到野外喂鸟。"魏齐没有反对，于是那守卫便放了范雎，如此，范雎总算死里逃生，回到家里。但范雎又怕不安全，趁着夜晚，躲到一个结拜弟兄郑安平的家中。

第二天，魏齐打发手下去看尸体，手下人说："卷尸体的草席丢在野外，八成被野狗吃了。"又见范雎家人在办丧事，哭得死去活来，这才放心。

范雎在郑安平家中疗伤，秦王正派人四处访贤。范雎伤已逐渐好转，改名为张禄，到了秦国后，他向秦王建议："一个国家要和所有国家对抗太难了，离我们远的国家，不如先和他们和好；离我们近的，先去攻击，就像蚕吃桑叶一般，由里到外，一步步啃个精光。"这个狠毒的计策，就是秦国统一天下的法宝——远交近攻。秦王拍手赞妙，立刻派范雎当宰相。

范雎端坐在大堂上，须贾跪趴在台阶下，拜见范雎，选自明刊本《新镌绣像列国志》。

因为魏国靠近秦国，秦王准备先伐魏。魏王听说秦国新宰相是魏国人，派须贾去说个人情。范雎知道了，打扮成一个下人的模样去见须贾。

须贾一看之下，以为碰到鬼，吓得几乎昏倒。范雎解释：“我被扔在郊外时，有个秦国商人路过救了我，我就到这儿当佣人，混口饭吃。”须贾看见范雎只穿了件破单衣，冷得发抖，外边正是大雪纷飞，就拿了件棉袍为他披上，接着说：“我想见秦宰相张禄，可是没有门路。”

范雎就回答：“我家主人常去见宰相的，这样吧，我去借主人的车子来，送你进去。”一会儿工夫后，须贾就坐上了范雎驾驶的马车。路上的行人不是恭敬地行礼，便是谦让地闪开。须贾很开心，认为太风光了。

到了宰相府，范雎说：“我进去问问看能不能接见你。”须贾说：“好，拜托，拜托。”没想到等了半天，不见范雎影子，忍不住向守门人打听“马夫”到哪里去了。守门的大叫道：“你八成是疯子，刚才走进去的就是宰相。”须贾一听，眼前发黑，默默地脱下衣帽鞋袜，跪在门外，自称是罪人，要见宰相。

范雎威风八面地坐在堂上，怒声责问跪在下头的须贾：“你犯了什么罪，自己知不知道？”须贾吓得屁滚尿流，不停地打自己耳光。范雎说：“幸亏你今天在宾馆招待我吃饭，送我一件棉袍，可见你这奴才还有点良心。滚出去吧，饶你一命。”至于魏齐呢？听说范雎就是张禄后，十分后悔自己不分青红皂白，随便置人于死地。他知道范雎是不会饶过他的，于是便自杀了。

赵国重用赵括抗秦

距今二千二百多年，我国历史上的战国时代，真是名副其实的战争时代。不但经常打仗，而且战争规模之大、手段之狠，也是令人咋舌的。现在我们来讲个战国史上最惨烈的大战争——长平之战。

大家也许还记得，上一回《范雎“死”而复生》中，我们曾提到他主张秦国用“远交近攻”的方式，先结交好离自己远的国家，然后攻打近边的国家，像蚕食桑叶般一个个啃光。好了，现在秦王就照着这个计划，第一步先与远方的齐国修好，使他们不会干涉秦国的侵略，然后派大将军白起攻打韩国。

韩国哪里是秦军的敌手？三两下就竖了白旗。秦王很开心，派遣王龁（hé）去接收韩国的上党。上党的守将冯亭和将领们等商议：“与其降秦，不如降赵，那时秦王一怒，必定攻赵，那么韩赵两个便可联合抵御秦国。”果然，赵王听说不费寸兵斗粮，就可平白得到韩国的十七城，真是捡了大便宜，马上答应。

冯亭在上党坚守了两个月，赵国的援兵还未赶到，只好亲往求救。历史上鼎鼎大名的廉颇大将军奉赵王之命，率二十万大军浩浩荡荡翻山越岭而来。他一到，先勘察地形，决定在险要山头，列营筑垒，东西各数十，排列像天上的星状，并派先锋赵茄去打探秦兵消息。

赵茄带了五千兄弟出长平关，走了二十多里，远远看到秦将司马梗领

古代激烈的战争场面，东汉画像砖，河南新野县樊集出土。

兵迎面而来。赵茄看司马梗带的兵不多，便挥兵扑上前去。正在拼斗激烈，忽有大队秦兵前来增援，赵茄心慌手慢，便被司马梗一刀劈下马来。

廉颇接到报告后，立刻传令各垒用心把守，勿与秦战，并且命军士掘地数丈灌满了水，没有人晓得廉颇为何如此做。同时廉颇又传令："谁再擅自与秦交战，虽胜亦斩。"真是军令如山。

秦将王龁的兵不断前来挑战，赵军却相应不理，秦军气得大骂赵军："懦弱、胆小，有种就出来！"还是没人出来。秦军又攻不进坚强的堡垒，情急之下，想出一个方法：截断水源，使水不东流，想把赵军弄得没水喝。可是廉颇早就贮藏了大量的水，不理会这一套。

如此相持了四个月之久，范雎这个老狐狸就去见秦王道："廉颇将军很厉害，知道秦军很强，不轻易出战。他用坚壁政策，以逸待劳，这样耗下去不得了。"然后屏退左右，悄悄地贴着秦王耳朵道，"只有用反间计。"

于是秦王用重金贿赂赵王手下，到处放谣言说："秦兵只是怕赵括，廉颇老了，不中用啦，连战连败，几天之内就要投降。"赵王先前听说赵茄被杀，已派人去催廉颇出战，廉颇不肯，赵王早已怀疑他懦弱，又听到大家这么一传，更深信不疑，觉得廉颇真替赵国丢脸，决定用赵括代替。

赵王问赵括："你能为我击败秦军吗？"赵括一昂头一挑眉，自大地说："如果秦派白起，我还得想一想对付的方法，现在这么个王龁，算什么玩意嘛？他啊，欺负廉颇老弱才敢深入；碰到我……哼！"说着一拍胸脯，"定叫他有来无回！"

赵括是赵国大将赵奢的儿子，是个公子哥儿型的人物，好战贪功，有夸大狂却没真本领。赵括的母亲很了解赵括的为人，上书报告赵王："我儿子虽熟读他父亲的兵书，可惜只是个书呆子，不是大将之才，请王不要派他去。"赵王把赵母召去，赵母又说："赵奢以军为家，不问家事，与士兵同甘苦，有事必与众人商量，得到赏赐与伙伴同分。赵括趾高气扬，骄傲又专横，小兵不敢仰着头看他；他得到王上所赐的金银，统统搬回家，做将军岂可如此？赵奢临终时，亲自交代我：'我这个儿子若是为将，赵兵完矣！'知子莫若父，请王上三思。"赵母讲得十分恳切，可是赵王似乎并不重视，仍然任命赵括为大将。

长平之战大屠杀

赵王没有听信赵母的话，终于把廉颇换下，而以没有作战才能的赵括代替。

赵括率大军来到前线，首先把廉颇辛辛苦苦布置的星状小营全部集拢，然后宣布，今后赵军要改守势为攻势，要还点颜色给秦军瞧瞧。

秦国方面却悄悄地把最佳将领白起任为大将，原来的王龁为副将，通令全军："有泄露武安君为大将的消息者斩！"武安君是白起的封号。哪一个士兵敢透露一点儿风声，脑袋非搬家不可。秦国本来是个严刑峻法的国家，士兵当然晓得这道军令的厉害。

白起先派了少数部队去向赵括军队挑战，打了一两回合就假装兵败，拔腿开溜。赵括胜了第一阵哪肯罢休，大喊："追啊！"于是他派了一队赵军前去。到了秦军壁垒之前，秦军阵地坚如铁石，他们只好留在原处。

此时，白起便按照原先计划，兵分两路：一路秦军（五千骑兵）突击割断了攻秦赵军和赵括本军的通路；二路秦军（二万五千人）则绕道攻击赵军后方的粮道并占领了这地区，使赵军不能退后。于是，赵军前后不相连，后方无退路，等于腹背受敌。

赵括这时才听说是大将白起在秦军中指挥，吓得屁滚尿流，不敢再嚷着要进攻，只好不吭声地在原地筑垒固守，也不想办法解决问题。于是双方就只能按照当时形势彼此耗着。秦王知道这样相互包围，是一场马拉松

秦赵长平之战。佚名绘。

式的耐力战，所以亲至河内，不但调出所有壮丁，凡年满十五岁的大男孩也一起调到前线，把秦国的包围圈一层一层加多。

攻秦赵军在临时营垒中困守了四十六天，既无援军又无粮食，到了后来陷入人吃人的悲惨状况，非突围不可，否则活活饿死。这时，他们如果向后突击，猛攻一路秦军，和赵括本军取得联络，或许还有一线希望；然而，秦军十分强大，当初一鼓作气时尚且攻它不下，如今饿得半死时再攻秦军，怎可能胜利？难怪连攻四次都败下阵来。

赵括本军这时倘若向后攻二路秦军，取得粮食，即使牺牲攻秦赵军，也算是破釜沉舟，能取得一线生机。尤其当初秦军二路在增援到达前只有二万五千人，凭赵军四十万人的部队该打得过。但赵括吓傻了，乱了方寸，坐失良机，真是可惜。

好了，现在攻秦赵军四次吃败仗，第五次攻本垒时，赵括率大军准备攻秦一路，和攻秦赵军前后夹击。他精选五千士卒，穿上重甲，骑着骏马，夺路杀出，没想到一个不小心，马失前蹄，当场中箭而死。主帅阵亡，四十万赵国大军便只有投降秦国。

因为秦国倡“首功”制，杀敌杀得愈多，功劳愈大。当天夜晚白起下了一道命令：“所有秦军，明天都用白布裹头。”第二天清晨，投降的赵兵没料到会有此一招，手上又没武器，秦军见到没有白布包头的捉住就砍。

四十万大军一天之内杀光，鲜血汇成河川，而且血流淙淙有声，真是恐怖极了，残忍透顶。

秦军大胜，白起功劳最大，但也因此遭范睢嫉妒。范睢在秦王面前破坏白起名声，秦王误信谗言，决定杀了他；但念白起有功，只赐了一把剑，要他自杀。白起临死前，不禁慨叹道："天啊，我有什么罪竟至于死？"后来他想起长平之战那四十万白骨又说："啊，我真该死，这是报应。"

商鞅自食恶果

战国时代七雄并起，最后由秦统一天下，到底秦为什么特别厉害？这不能不归功于商鞅。

商鞅是卫国人，姓公孙，名鞅。因为卫国太小太弱，没有办法发挥他的才能，刚好秦孝公即位以后，发愤图强，公孙鞅便投奔秦国。因为他确实有本事，一去就当了宰相。后来因有功被封于商，后人便叫他商鞅。

他有一套使国家富强的办法，在正式公布以前，怕人民不相信，就准备了三丈长的木头摆在南门，下了一道命令："有谁能把这根木头移到北门去，赏十金。"移一根木头是多么容易的事，竟然会有赏金。老百姓不晓得官府搞什么名堂，没有人敢动这根木头。

过了几天毫无动静，商鞅又把赏额加到五十金，大家觉得更奇怪了。这个时候有个年轻人忽然站出来道："管他的，我去试试看，就算没有五十金吧，也不能因此判我有罪啊。"于是他扛了木头就走，后头跟着一大堆看热闹的民众。

年轻人把木头搬到北门以后，商鞅亲自召见，夸奖道："你真是好国民，来，赏你五十金。"并且说，"我是顶有信用的。"等大家知道这个新宰相说到一定做到之后，新命令便颁布了。

大家一看新命令，吓得伸出舌头说不出话。例如耕田多的不必服劳役；偷懒的到官家去当佣人；杀一个敌人升一级，退一步的，立刻砍头；一家人犯错，其他九家如果不检举，一同受处罚；打仗有功的，可做官，坐漂亮车子；没功劳的就是有钱，也只能坐牛车、穿破衣。

新法令公布后，老百姓看了有的说好，有的说不方便。商鞅把他们统统关起来大骂："你们只要遵守就行了，啰唆什么？是想阻止法令推行，还是想讨好官府？不如一起送到边境当兵算了。"从此，大家在街上遇到，只敢用眼睛问好，再没有人敢谈论是非。

商鞅认为咸阳披山带河，最适宜建都，偏偏太子驷不肯搬到咸阳。商鞅大发脾气："太子也不可以不遵守法令啊。"由于不能处罚太子，商鞅就说："这一定是太子的老师没把学生教好。"结果太子的两位老师，一个脸上被刺了字，另一个鼻子被割掉了。

城门立木。选自明刊本《新镌绣像列国志》。

现在大家都领教过商鞅的厉害了。所以，路上丢了东西，没有人敢把它拾起当成自己的，国内没有一个小偷；仓库中粮食堆积如山，人人愿为国家打仗。秦国因此变得有组织、有实力、富强壮大，没有一个国家比得上。

秦孝公去世后，太子即位。太子的两位老师，一个脸上有字，另一个没鼻子的，可逮着

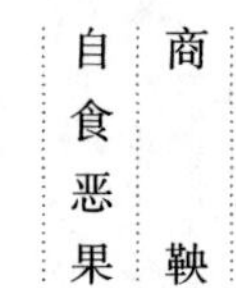

报仇的机会了。他们一起怂恿道："这家伙从不把你看在眼里，权力一天比一天大，总会造反的。"惠文王本来就恨商鞅，便决定干掉他。

商鞅听到这个消息，赶紧打扮成小兵模样逃走，走到函谷关时，天暗了，到旅舍投宿，老板说："我们宰相公布的法令说，不许收留没有身份证的，谁敢违背，谁就丢脑袋！"商鞅叹口气道："哎，没想到我制定的法律要害死我自己了。"他只好连夜混出关外，逃到魏国。魏王正气商鞅帮助秦国打败魏国，所以拒绝接纳他。

商鞅只好回到封邑，又带领邑兵去攻打郑县。秦惠文王知道了，发兵在郑地杀死商鞅，并将尸首带了回去，下令处以车裂的刑罚。商鞅的头、两只手、两只脚分别拴在五头牛的身上，五头牛往五个方向一跑，尸体就这样被拉成数段，情境十分凄惨可怖。但百姓因为恨透了商鞅，所以没人怜悯他的下场。

秦国如果没有商鞅变法，绝不可能如此富强。可是，他的手段过于残酷，所以不得民心，不得好死。

秦国的离间计

李斯是楚国人，到秦国去寻找做官的机会，不巧正遇上吕不韦自杀，秦王政下了一道命令，要把所有从外国来的宾客，全部逐出秦国。

李斯立刻写了一封信给秦王，这封信的大意是说，秦孝公用商鞅，惠文王用张仪，昭王用范雎，都使秦国强大起来。而商鞅、张仪、范雎都不是秦国人，都是外来的宾客，对秦国却有极大的功劳，外国的宾客有什么地方对不起秦国？如果秦国对许多有才能的人，因为他们不是秦国人而驱逐出去，这许多有才能的人投向别国，帮助别国对付秦国，这等于把自己的粮食和武器送给敌人，秦国必定完全陷于危险之中。

秦王政看了李斯的信，觉得李斯的话很有道理，于是，立刻取消了驱逐宾客的命令。

李斯在秦国任官以后，向秦王提出的第一个计策便是离间计。李斯建议：

秦国暗中派一大批间谍，渗透到东方六国的官府之中，先用金钱勾结各国有名的人物，希望他们不反对秦国。如果有不贪金钱不肯归顺秦国的人，就派刺客去暗杀他们。

如此一来，东方六国的忠臣渐渐被秦国消除了，剩下一些贪钱又怕死的臣子，又受到秦国的威胁利诱，不敢反对秦国，东方六国就一天一天衰弱下去。

赵国名将李牧，选自《马骀画宝》。

不久，有一个名叫尉缭的魏国人也向秦王政建议："以秦国强大的兵力，是不怕东方任何一个国家的。但是，却要防备东方六国联手，突然攻击秦国。

"如果秦国能用大量金钱，收买六国的大臣，使他们不能联合一致对付秦国，再使用离间计，使他们大臣自相残杀。秦国只要花三十万金，六国就会自己衰败了。"

秦王政对李斯、尉缭的计策都很赞同，于是，离间计便实行了。其中，最成功的一次，该算是对赵国的离间计。

原来，秦王政十三年（前 234 年），秦王派桓齮（yǐ）领兵攻击赵国的平阳，大破赵军，赵国的将军扈辄（hù zhé）战死，赵军死伤达十万人。

这时，赵国的名将李牧正在北方抵挡匈奴，他曾经打败匈奴的十几万骑兵，使匈奴不敢再犯赵国。

赵王得到秦军在平阳把赵军打得大败的消息，立刻把李牧调去抵抗秦军。李牧接到消息以后，带领人马南下，在宜安和秦军相遇，李牧勇敢地打败了秦军，逼使秦国退出赵国。

秦王政十五年（前 232 年），秦王又派大军攻赵，但是，又被李牧打败。秦王政十八年（前 229 年），秦王政派大将王翦（jiǎn）、杨端和、桓齮等大举攻赵，但是，又为李牧所败，且桓齮为李牧所杀。这时，秦军对李牧真是畏惧万分。王翦见李牧是如此勇敢善战，自己很难凭兵力取胜，于是，便使用秦王传授的锦囊妙计——离间计。

在赵国国都邯郸的一所高大住宅之中，秦将王翦派出的使者正把一袋一袋的金子交给赵王的宠臣郭开，请郭开在赵王面前说李牧的坏话。郭开是个贪财无耻的人，看到堆积在桌上的黄金，便满口答应王翦使者的要求。

郭开收起了黄金，匆忙赶到赵王的宫中，假装成很紧张的样子，对赵王说："大王，你知道李牧要背叛我们赵国吗？"

"什么？李牧要叛变？"赵王惊愕地望着郭开。

"是啊，大王不知道吗？"郭开故作正经地说。

"可是……"赵王有些不相信，"李牧不是老打胜仗吗？"

"没错。"郭开说，"李牧为什么不干脆把秦军赶出赵国？"

"嗯……"赵王没有直接回答，表示对李牧已经有些怀疑，他没有想到，谁也没办法把庞大的秦国军队赶出赵国去。

"大王，你可不能太相信李牧。"郭开装成很认真的样子说，"我可是听说，李牧正在和秦军谈条件，李牧想投降秦国，但是要求秦王立他为王。"

"真是岂有此理。该杀！该杀！"赵王大发脾气，他一向宠爱郭开，根本没想到郭开说的全是谎话。

于是，李牧被杀。王翦挥军前进，没有任何一个赵国将军能抵挡得住，不久，秦军攻入邯郸，赵国就灭亡了。

韩非遇到坏心的同学

韩非是历史上了不起的思想家，是集法家大成的人物。

韩非是韩国的公子，出身贵族世家。在荀子的学生当中，以他和李斯最为出名。但是论起成绩，韩非又高出一等，李斯很嫉妒他。

韩非有一个大缺陷——口吃，讲起话来期期艾艾、结结巴巴，叫人着急。而在战国时代，口才是非常要紧的。有一位著名的纵横家，名叫张仪，有一次受人诬赖，被打得鼻青眼肿，回到家第一件事就是张开嘴巴问：“舌头在吗？”他知道只要舌头没丢就是他的本钱。因为如果不能雄辩滔滔，君主怎能晓得你有学问？

韩非因为口才太坏，只有靠写书宣扬自己的学说。韩非文笔流畅，深入浅出，他写的这部书《韩非子》，是以后法家思想中最宝贵的经典。

韩非是荀子的学生，承袭了“性恶”的看法。他以为，人的本性都是自私自利的。譬（pì）如说，制作轿子的人，希望人人都富贵，能坐得起轿子；卖棺材的人，希望大家都早点死，他的棺材店生意才兴隆。这并不表示做轿子的人心地善良，卖棺材的就心黑不仁，而是人人都以自己的利益为出发点。人人都喜欢名利，讨厌刑罚，这也就是人性。

因此韩非主张，要想把国家治理得好，首先必须制定完整、有系统的法律和政治制度。然后国君利用人们自私自利的心理来控制臣下，使臣下不敢为非作歹，国家才能够富强。

韩国在战国时代是个小国，韩非相信自己的办法能使韩国转弱为强。可惜，韩王是个昏聩（kuì）的君主，不相信这一套，使韩非一片忠心没法施展。

倒是秦王偶然间看到韩非的书却着了迷，天天捧读，甚至舍不得上床。看完后，召宰相李斯进宫。

“你去打听一下这部书是谁写的！”秦王命令道。

李斯翻了一下，恭恭敬敬地回答：“这是我的同学写的嘛！”

“哦！”秦王大喜，忙追问，“他是谁？哪里人？”

李斯回答：“他叫韩非，是韩国人。”

秦王长叹了一声：“这么有才华的人，我要是能够见他一面，死了也甘心！”

不久，秦国攻打韩国，韩国又小又弱，很快就竖起白旗。秦王答应韩王的求和，也不索求割地赔款，只有一个小小的条件，要韩非到秦国去。这大出韩国国君意料，他当然马上派韩非出使秦国。

秦王见到韩非高兴极了，既然早已仰慕韩非学问，自然也不嫌他结巴，耐着性子听他慢慢地、吃力地说话。听完韩非的话，秦王对韩非更是钦佩万分，忍不住在李斯面前再三夸赞他，李斯听了则背上发凉、脸上冒汗，恐惧万分。

李斯想，秦王如此欣赏韩非，我这个宰相的职位迟早不保，不如先下手为强。于是他暗中收买了秦国大臣姚贾，唆使他在秦王面前进谗言，说韩非其实是韩国派来的间谍。秦王是个猜疑心很重的人，竟然轻信谗言，就把韩非拘押起来。

李斯依然放心不下，他惟恐有一天秦王回心转意，又把韩非放出来做官，那他不是完了吗？于是，他偷偷派人拿了一包毒药，强迫韩非自杀。韩非也只有满腔悲愤痛苦地吞下毒药，结束一生。后来秦王果然后悔了，想要赦免他，不过为时已晚！

吕不韦由商人变为相国

吕不韦是战国时期的大商人，家财万贯，后来，成为秦国的宰相。这是一段曲折的故事，同时，也牵扯到秦始皇的身世。

距今二千二百多年，周赧（nǎn）王五十六年（前 259 年）的元旦，在赵国邯郸，人们都在热烈庆祝新年来临，街头巷尾人声嘈杂，到处洋溢着新春的欢乐。

在一所破旧的房舍里，传出婴儿的啼哭声，婴儿的父亲姓“赢”名“异人”，他是秦昭王的孙子，安国君的儿子。安国君是秦国的太子，未来要继承秦昭王的王位。

安国君有二十多个儿子，不过，都不是太子妃华阳夫人所生，异人的母亲夏姬并没有得到安国君的宠爱。

异人之所以住在邯郸，那是因为战国七雄互相不信任，恐惧他国会入侵，于是，互相要求别国派一个王子住在本国，作为人质之用。异人便是替秦国在赵国当人质。

为了纪念儿子在正月出生，异人把他取名为政（古代“政”与“正”相通）。政的母亲擅长舞蹈，她原本是富商吕不韦的侍女。

吕不韦是个很有心机的人，他觉得自己虽然有钱，却没有政治上的力量，当他在邯郸见到异人的时候，就打定主意，要在异人身上牟取利益。

当时异人既穷困，又得不到安国君的宠爱，内心十分苦闷。

于是吕不韦想利用他庞大的财富来帮助异人。异人感激涕零："如果有一天，我能坐上秦王的宝座，我一定要重重报答你的大恩。"

吕不韦拿出五百金，买了许多珍奇宝物到秦国去。他想尽办法，终于见到华阳夫人的姐姐，送上一份丰厚的礼物。同时，捧出另一份更丰厚的礼物，拜托华阳夫人的姐姐，转交给华阳夫人。

吕不韦对华阳夫人的姐姐说："你不知道异人在赵国，如何深得人心，受到敬重。同时，他日夜哭泣，就因为想念华阳夫人。"

华阳夫人的姐姐拿了礼物，就把吕不韦的话转告给华阳夫人，并且献计："你不如把异人当做亲生儿子，立为太子，将来好孝敬你。"

吕不韦到秦宫游说华阳夫人，选自明刊本《新镌绣像列国志》。

华阳夫人正为没有儿子烦恼，很高兴地接受了姐姐的建议。

秦昭王五十年（前257年），政三岁之时，秦国大将王龁率领军队，把邯郸团团围起来。赵王气坏了，想把秦国人质——异人杀掉。

吕不韦用六百金，买通了看门的人。异人逃出邯郸，回到秦国。政与母亲则藏在吕不韦家里，保住了性命。

异人回到秦国，华阳夫人正在担心他的安危，一时之间，悲喜交集，要异人改名为子楚，跟在自己身边。

六年之后，秦昭王去世，安国君即位，立子楚为太子。

这时，赵王见子楚成为秦国太子，便把子楚的妻儿，一起送回秦国，表示友善之意。

安国君在位不到一年便死了，子楚即秦王位，便是秦庄襄王。当然，政便成为秦国的太子了。

吕不韦如愿以偿，位居丞相，封文信侯，食邑河南洛阳十万户。

庄襄王在位三年，也去世了，太子政便继承了秦王的大位。那时，他只有十三岁。十三岁的小国王虽然聪明伶俐，毕竟只有十三岁，国家大事就一切交由吕不韦来掌理。

秦王政尊他为相国，号称“仲父”。吕不韦显赫一时。

十年过去了，小国王已经二十三岁，他可以亲自过问政事了。他所做的第一件事便惊动全国——他不仅要当秦国国王，他还要完成祖先未完成的霸业，那就是并吞东方六国。

当时，秦国大权完全操在吕不韦手中，这当然不是野心勃勃的秦王政所能忍受的。他查出吕不韦有谋反的嫌疑，免去吕不韦相国的职务，并且把吕不韦驱逐到四川去。当时四川是个荒凉不毛之地，吕不韦大为惶恐，自知不免一死，就服毒自杀了。

小小外交官——甘罗

在战国时代，学术流布，教育普及，只要有才华，一定会被赏识重用，就算你是个小孩儿也没关系。甘罗，正是最好的例子。

甘罗是甘茂的孙子，甘茂在秦宰相吕不韦门下做宾客。甘罗那时十二岁，眼睛亮亮的，脸蛋儿红喷喷的，一脸聪明相，可爱又伶俐，大家都喜欢他。

有一天，甘罗一个人在大厅上玩耍，看见吕不韦用手撑着下巴，连连唉声叹气，他就跑过去，扯扯吕不韦的衣裳问："咦，你有什么心事吗？"

吕不韦白了他一眼道："小孩子懂什么？"

甘罗不服气地仰着小脸说："我是你的宾客，你有心事不让别人知道，那我如何为你效劳呢？"

吕不韦说："哎，我想派张唐到燕国去做宰相，孤立赵国。但是张唐怕路上经过赵国时，被赵国人杀掉，不敢去。我怎么劝，都没有用。"

甘罗说："原来就这么点小事，干吗不早说，我去帮你讲。"

吕不韦烦透了，大吼："去，去，去！小孩子懂什么！"甘罗又振振有词道："以前啊，项橐（tuó）不过七岁，就当孔子的老师。我今年都十二岁了，比项橐大五岁，等我办不成时你再骂我还不晚啊！"

吕不韦没想到他小小年纪，说得挺有道理的，郑重地向他道歉，并且说："这件事要是办成功了，我保你在朝廷当官。"

甘罗听了很开心，马上就去找张唐。张唐看到一个小男孩气喘吁吁地来求见，又好笑又生气，拍拍他的小脑袋问："你来做什么？"

甘罗很正经地回答："我来吊你的丧！"

"吊唁（yàn）我？"张唐生气道，"我又没死，要小孩子吊丧？"

甘罗不理会，继续问："你认为自己的功劳比白起如何？"

张唐老老实实地答道："不及他十分之一。"

甘罗继续问："秦国以前的宰相范雎权力大，还是现在的宰相吕不韦权力大？"

张唐说："那还用问，当然是吕不韦大。"

"所以啊，"甘罗挺胸抬头从从容容道，"在长平之战以后，范雎要白起再一次去打赵国，白起不肯，范雎就设法害死了白起。如今，吕不韦请你到燕国当宰相，你推三阻四的，吕不韦迟早会要阁下脑袋的。我看你快死了，所以来吊唁你。"

少年甘罗出使赵国，拜见赵王，选自明刊本《新镌绣像列国志》。

张唐一听这话，再一想想，不禁吓得浑身发抖，赶紧向甘罗道谢："谢谢你提醒。"说着，他连奔带跑地去见吕不韦，当天便急急动身。但张唐心里还是怕得要命，甘罗就请求吕不韦给五辆车子，准备跟张唐一块儿先去赵国。

秦王听说有个小神童，很好奇，派人把他找来。见甘罗眉清目秀，口齿伶俐，秦王心中疼爱不已，派给他十辆车子，一百个随从，浩浩荡荡去了赵国。

赵王听说秦国有使者前来，亲自到二十里外的道路上去迎接，没想到下车的竟是个漂亮的小男孩，就问甘罗："以前为秦打通三川的也姓甘，是你什么人？"甘罗说："我祖父。"赵王说："你多大？"甘罗回答："十二岁。"赵王摇摇头笑道："难道秦国没有人才了，怎会派个小娃娃来呢？"

甘罗说："秦王做事有计划，年纪大的做大事，年纪小的做小事。我最小，所以派我到赵国。"赵王被抢白一顿，自讨没趣，可是也吃惊不小。他看甘罗口才、风度、仪态，绝不逊于一流的外交人员，因此不敢轻视，很有礼貌地问："你来这儿有何贵干？"

甘罗说："你有没有听说燕国的太子丹被扣押在秦国？"赵王说："我听说了。"甘罗又问："你知不知道张唐正要去燕国当宰相？"赵王回答："这个我也知道。"甘罗叹口气道："秦燕和好，那你赵国不是危险了吗？你最好割五座城池给秦国，我就回去告诉秦王，不派张唐去燕国。那时你赵王攻打燕国，秦国不会出兵干涉。赵国本来比燕国强，你将来从燕国取回的土地何止五座城池？"

赵王很欣赏这个主意，赐甘罗两千四百金，两双白璧，把五座城池的地图交给他。甘罗快乐地跑回去上报秦王，秦王平白得了五座城池，直夸甘罗聪明；张唐当然也就不去燕国，对甘罗也感激万分。

后来赵王果然去攻燕国，占了三十座城池，送给秦国十一座，秦王更高兴了，封甘罗为上卿，可惜没过多久，甘罗就死了。

荆轲飞刀刺秦王

战国末期，秦国的力量一天比一天壮大，尤其到了秦王政时，更是威赫无比，各国诸侯都不满秦国。其中，燕国的太子丹，更恨透了秦王政，日日夜夜想要除掉他。

太子丹听说有个贤人叫田光，为人勇敢而深沉，决定聘他。可是田光推说自己年纪太大了，没法帮忙，而大力推介荆轲。

荆轲是齐国官员庆封的后代，他爱好读书，剑术高超，很喜欢喝酒，和一个会敲“筑”（一种乐器）的人——高渐离感情很好。两个人常在酒店里喝得酩酊大醉，然后，高渐离敲筑，荆轲和着音乐高歌。唱完以后，荆轲便痛哭流泪，叹息没人赏识。

田光把荆轲介绍给太子丹后，太子丹立刻尊荆轲为上卿，还特别筑了一座“荆馆”供他居住，送车骑、献美女，伺候得无微不至。有一天荆轲和太子丹骑马出游，荆轲无意中说了一句：“马肝味道不坏。”一会儿，太子丹就把最心爱的千里马宰了，为荆轲做菜。

又有一次，太子丹请荆轲喝酒，特派自己最宠爱的美女在一旁伺候。荆轲看她两手柔细白嫩，忍不住赞道：“真是玉手。”宴席散后，太子丹送来礼物，荆轲打开一看，哇！竟然是美女的双手。荆轲心里非常感动，决心以死报答太子丹。

荆轲待了很久，一直没有出发的意思，因为他在找大力士盖聂，想和

盖聂一起行动，偏偏找了很久都找不到。这时，秦国的大军已经到达燕国的南界了，太子丹急坏了，猛催荆轲早日行动。

“哎，我就是到了秦国也见不到秦王啊。”荆轲两手一摊，无可奈何地说，“除非……”太子丹追问：“除非什么？”荆轲道：“现在樊於（wū）期（jī）将军得罪了秦王，秦王悬赏千金要他的脑袋。如今，樊将军逃到了燕国，若能带着他的头，再加上燕国督亢的地图献给秦王，秦王一定愿意接见我，那就有办法了。”

太子丹连连摇手：“不行，人家樊将军没有路走了，才来投靠我，我怎能向他要脑袋？不好不好。”

荆轲知道太子丹不忍心，就私下去见樊於期说：“秦王对你也太过分了，不但杀了你父母宗族，还要重金购买阁下的脑袋，你想不想报仇？”

“怎么不想？”樊於期咬牙切齿地说，“但是想不出办法。”荆轲说：“我有一个法子，可以解燕国忧患，还可以替你报仇，想不想听？”樊於期急急道：“你说说看。”

慷慨豪迈的荆轲，选自《清刻历代画像传》。

等荆轲把计谋说出来以后，樊於期没有第二句话，拔出利剑当场自杀。太子丹听说这件事，赶来阻止，但已晚了一步，也无可奈何了，伏在樊於期的尸体上痛哭失声。

然后，太子丹把国书、督亢的地图、樊於期的头以及一把锋利、染有剧毒的匕首一并交给了荆轲，并为他设宴送行。喝过酒，高渐离敲筑，荆轲又唱起来：“风萧萧兮易水寒，壮士一去兮不复还！”歌声悲壮，人人流泪，像出殡一般。荆轲唱完了，跳上马鞍，挥舞马鞭，头也不回地上路了。

荆轲刺秦王，汉画像石，山东沂南北寨村。

到了秦国以后，秦王政听说樊於期的脑袋来了，非常高兴，下令在咸阳宫召见燕国来使。

这一刻终于到来了，荆轲捧着樊於期的头颅走在前，他的助手秦舞阳拿着地图跟在后，两人一步一步走上宫殿。秦舞阳脸色白得像死人，手在发抖。秦王左右的人看着奇怪，问："他有什么毛病？"荆轲很机警地上前一步叩首："他是北番蛮夷之人，没有看过君王，请原谅。"

秦王政传令只许荆轲一个人上殿。荆轲只好自秦舞阳手中拿过地图，走到秦王的桌前，展开给秦王看。地图一寸一寸慢慢展开，当地图整个展开时，荆轲迅速地拿起藏在图中的匕首，就朝秦王胸口刺去。秦王大惊，立刻站起来向后躲闪，这一退，袖子就拉断了，却躲过了匕首。秦王碰倒了屏风，想拔出剑，剑太长，一紧张，拔不出。于是秦王绕着大厅的柱子跑，荆轲拿着匕首在后追赶。

秦法律规定，皇宫大殿上不准带武器，同时，没有秦王的召唤是不能任意向前的。因此，朝臣们眼见秦王的危急，既无法又不敢向前解救。秦王的一个太医情急之下，用药袋打荆轲，臣子赵高趁此大叫："快把剑推到背后再拔。"果然，秦王把剑鞘向后推，剑一下就拔出来了，马上用长剑砍断了荆轲的大腿。荆轲不能动，跌坐在地上，把匕首掷向秦王。秦王一闪，匕首擦过耳边，插入铜柱。荆轲知道完了，斜靠在铜柱旁大骂："罢了，罢了，这也许是天意吧，但你也维持不长的。"秦王赶快召唤卫兵上殿，侍卫们纷纷向前，乱刀杀死了荆轲。

残暴的秦始皇

自公元前221年秦王政灭六国以后，中国真正成为统一的国家，正式建立了中央集权的君主政体。

按照秦王政自己大言不惭的说法，他的道德与功劳都超过三皇五帝，因此，应该被尊为皇帝。以前的天子有的称“皇”，有的称“帝”，他便把这两个字连起来，从此以后，中国的天子才称为“皇帝”。又因为他自以为他的君位将由二世、三世传到千万世，所以他是始皇帝（第一任皇帝），后人便称他为秦始皇。

秦始皇因为吞灭六国颇不容易，特别加强对地方的控制，但又不愿意派子弟前往镇守，以免他们彼此侵伐。于是，秦始皇就想了一个办法——实行郡县制度。

他把全国分为三十六郡，郡设郡守，由中央派遣，管得牢牢的。但是秦始皇还是不放心，于是命令全国有钱的富豪，统统搬到咸阳城去，以便就近监视。

这些倒霉的百姓只有忍痛抛弃田园家产，被残酷的地方官赶着上路，一路上吃尽苦头，到达咸阳。秦始皇想：“这下子你们就不能造反了吧？不由你不服。”然而，他还是心里有疙瘩——因为百姓手中有兵器。

所以秦始皇下令把各地城墙削平，撤去防备，并且没收民间所有兵器。刚好这时，临洮（táo）县报告，有人看见十二个怪物出现，长五丈，脚六尺长，穿着夷人的衣服。秦始皇认为这表示祥瑞，很有意思。因此，他就把所有搜集的兵器熔化成几百万斤的铜，然后照夷人模样，铸了十二个铜人，每个净重二十四万斤，很威武地摆在宫门口。

秦始皇曾派大将征服岩南，平定以后在咸阳宫遍宴群臣。没想到正在举杯畅饮时，有个大臣冒失地站起来数说郡县制度的弊病，使得秦始皇大为扫兴。因此他认为，这些读书人多懂得一点事，便到处批评，太讨厌了，而且有损皇上的威严。于是秦始皇采用李斯的建议：把各国史书、诗书及百家著作一律烧光，免得人民书看多了麻烦就多了。哪个人有胆谈论诗书，或是说什么“现在不如以前”的，就把他杀掉。只准人民读些医药、卜筮、种树等没有深刻政治思想的书籍。

俗语说：“皇帝好登仙。”这就是秦始皇的故事。他想，自己虽贵为天子，但不免一死，总比不上神仙，能够永远不死。刚好有个方士徐市（fú）（有人称为“徐福”）上书，说是在海上有一座仙山，山上有不死的灵药，如果让他带领童男童女若干名，便可到达仙山寻找灵药，献给皇帝。秦始皇相信了，就派徐市带了三千童男童女前往，没想到一去不复返。有人说，那三千童男童女以后结成夫妻，成为日本人的祖先。

秦始皇焚书坑儒，佚名绘。

秦始皇正在为徐市一去便无影踪的事情发火时，又听说许多儒生在暗地里说他的坏话，一气之下，在咸阳市上抓了几百个儒生审问："你们赶紧招来，有没有妖言惑众？"又叫人把他们拖翻在地，打得皮开肉烂，鲜血直喷；揍完之后，更把这四百六十名儒生赶到深谷之中，在上面抛掷泥块沙石。可怜这批读书人就被活埋死了。

当时，民间流传着一首歌谣，歌谣中有"亡秦者胡"。这歌谣传入了秦始皇耳中，他暗暗大惊，"亡秦者胡"，"胡"不就是塞外胡人吗？于是，他一面派蒙恬率三十万大军北伐匈奴，一面修筑长城，以防胡人。长城西起临洮，东到辽东，号为"万里长城"，耗费无数人力。脍炙人口的孟姜女故事，就是讲孟姜女的丈夫万喜良被抓去筑长城，她万里寻夫的事情。

秦始皇因为做了太多的亏心事，所以到了晚年，天天担心被人暗杀，夜夜更换居所。他的居处只有宰相李斯及内监赵高知道，凡泄漏行踪者，满门抄斩。

秦始皇是一个喜欢到处游历的人，中国的名胜地区他几乎都去过。有一年，他由大臣和卫队陪同出游，走到平原津时，忽然生起病来，病势愈来愈严重，到了沙丘（今河北广宗大平台），不幸死了。

秦始皇生前没有立太子，在临终的时候，要宰相李斯传令长子扶苏赶回京城咸阳，继承皇帝位。原来扶苏是个仁慈的人，他曾劝谏秦始皇不要太暴虐，秦始皇大为生气，便把扶苏赶到长城去，监督大将蒙恬。可是秦始皇最宠信的宦官赵高因为不喜欢扶苏和蒙恬，便和李斯商量，改变了秦始皇的遗嘱，以皇帝的名义下了一道诏令给扶苏，赐扶苏死，而让秦始皇的小儿子胡亥继承皇帝位，胡亥就是秦二世皇帝。

秦始皇与万里长城

提起万里长城，人们一定会想到秦始皇。其实，始皇统一中国之后，只不过做了短短八年的皇帝就去世了。八年之中，无论如何，不可能完成如此震惊世界的大工程。

事实上，在秦始皇出生之前六七十年，就有人开始修筑长城了。

战国时代，齐、楚、燕、赵、韩、魏、秦七雄并立。这七个国家，都害怕其他国家前来侵略，于是，在与邻国交界之处，模仿城墙的模样，筑起一道高墙，这高墙被称为“长城”。最早建筑长城的国家是齐国，齐国的长城是用来防御楚、魏、赵、燕四个国家的。

赵国在赵武灵王时代，为了防备匈奴入侵，特别在赵国北方的边境上，兴建了一条长城，从代县（今山西省北部）到高阙（在今内蒙古杭锦后旗东北），全长一千多里，经过崇山峻岭，工程相当伟大。

长城原本是战国七雄之间互相防御的工事。赵武灵王的长城，却是用来防御外族侵略的。

赵武灵王所建筑的长城，就是后来万里长城的一部分。

秦国的领土，原在今日陕西一带，秦国的北方，正是胡人活动地区。秦昭王便学赵武灵王，也在北边建筑了一条长城。

燕国位于现今河北省北部。当时，燕国有一个大将军——秦开。秦开自小在胡人的部落里长大，对胡人的优点缺点都十分了解。

秦始皇，佚名绘。

由于知彼知己，所以，秦开做了燕国大将之后，就训练军队，打败了东边的胡人，把胡人向北边驱逐了一千多里。秦开也建筑了一条长城，从造阳（今河北独石口以北、滦河上游闪电河一带）到襄平（治今辽宁省辽阳市），防止胡人南下。

秦国、赵国、燕国在北方边境上所建筑的三条长城，就是日后秦始皇时所完成的万里长城的骨干。

秦始皇统一全国之后，民间流传一句话："亡秦者胡。"秦始皇是个很迷信的人，他认为胡就是胡人，胡人是北方的游牧民族。

秦始皇不能容许预言成真，他派大将蒙恬率领三十万兵马北伐胡人。当时，北方的胡人主要是匈奴，散居在今山西北部、内蒙古南部一带。蒙恬很有本事，他把匈奴驱出黄河以北，收复河套，并且占据了阴山。

匈奴虽然暂时被打败，过了几年，兵强马壮，会再度南下。秦始皇为了使匈奴断绝后路，便想起不如把秦、赵、燕三国长城相接。

战国时代这三条长城相距很远，秦始皇下令蒙恬把长城连成一气，这就是后世闻名的"万里长城"。

不论筑长城、守长城，还是运粮食到长城，都是一件万分辛苦的事，成千上万的人死于长城。当时的人，只要接到这一纸命令，仿佛接到死亡通知书，既绝望又恐惧，可是，秦朝法律如此严苛，不去，行吗?

在全国人民的水深火热之中，万里长城完成了，西起临洮（甘肃岷县），东至辽东，这是世界著名的伟大工程。

孟姜女的故事

讲到秦始皇修筑万里长城，马上会让人想到孟姜女哭倒长城的故事。这个故事反映一般人把秦始皇修长城视为恐怖的暴政。

孟姜女的故事，正史上并没有记载，是流传在民间的虚构故事，故事是这样的：

据说，在秦始皇之时，江南苏州有一位万员外，年已半百，膝下只有一独生子，名叫万喜良。万喜良天资聪颖，二十岁已极有名气。

当秦始皇修筑万里长城的征调命令到达苏州，万员外十分着急，舍不得文弱书生的万喜良去做苦工。于是，万员外催促万喜良连夜逃走。

过了几天，差人到万员外家来要人，搜遍全屋，也不见人影。因此，布告全国，全面通缉万喜良。

万喜良自幼养尊处优，从来也没有一个人出过远门。逃亡在外，餐风露宿，躲躲藏藏，日夜不安，整个人被恐惧所笼罩。

有一天晚上，天色已黑，万喜良不敢去投宿，又找不到遮风避雨之处，心里七上八下，忽见前面一座大花园，景色宜人，环境优美，恰好大门未关，万喜良便信步走了进去，准备躲在大树之下，暂过一夜。

这花园的主人姓孟，名隆德，乃松江府华亭县孟家庄的大地主，家财万贯，只有一个掌上明珠——孟姜女。

孟姜女容貌秀丽，知书达礼。这天晚上，孟姜女独自到花园玩耍，看到池中荷花盛开，娇艳动人，忍不住动手去摘，一个不留神，“扑通”一下落入荷花池中。

幸而荷花池很浅，孟姜女马上就爬了上来，只是衣裳尽湿。她趁着夜色，把衣裳脱下，用手拧干。

忽地，她听到树上有声音，一回头，不得了，竟然有个男子正直直望着她。孟姜女羞红了脸，着急得放声大哭，想要自杀，又为顾念二老，想来想去，只有嫁给他才行。

孟隆德夫妇知道了，当然不开心，可是，总比女儿自杀要好，只好无可奈何地同意了。等到孟家夫妇把满面尴尬的万喜良找来，一见小生斯文有礼，温文儒雅，并非偷窥妇女的无聊男子，倒也宽慰不少。

孟家夫妇很同情万喜良的遭遇，把他改名为万世良，挑选了一个黄道吉日，让他与宝贝女儿正式成亲。

孟隆德夫妇在地方上是有头有脸的人物，独生娇女出嫁，自不免大事铺张，亲朋好友纷纷前来贺喜。

华亭县县长正在怀疑新郎的身份，孟府中小丫头不知道轻重，大嘴巴地把万世良就是万喜良的事轻轻松松泄漏了。因此，婚礼进行了一半，县里的差人硬是闯了进来，把穿着新郎服装的万喜良给绑走了。

万喜良到了长城，不堪折磨，短短三天就死了。孟家完全不知消息，孟隆德对女婿也十分牵挂，派了仆人孟兴到万里长城的工地去打听万喜良的消息。孟姜女亲自做了一大包冬衣，交给孟兴带去。

孟兴把衣服原封不动地带了回来，也捎回不幸的死讯。孟姜女哭昏了过去。当天晚上，孟姜女做了一个梦，梦见万喜良告诉她，尸体埋葬在长城墙基底下，埋葬的地方，有一个六角亭。

这个梦让孟姜女惊醒过来，她觉得她还有一件要紧的事没做，那就是把万喜良的尸体挖掘出来，好好地安葬。

经过长途跋涉，吃尽千辛万苦，孟姜女终于来到了万里长城，也找到了梦中的六角亭，不觉悲从中来，伏地大哭特哭。忽然间，一声“轰隆”

孟姜女哭长城，佚名绘。

的巨响，长城倒塌了，墙基下露出尸体。

秦始皇听说孟姜女哭倒长城，大为震怒，派人把孟姜女抓来，准备重重处罚。

可是，秦始皇一见孟姜女，惊为天人，要求孟姜女做他的妃子。

孟姜女答应了，可是提出一个要求：“请求陛下先造一座大坟安葬万喜良的尸骨，并且，在鸭绿江边，举行大规模的祭典。”

秦始皇含笑道：“这个好办。”

于是，在鸭绿江边，孟姜女跪在万喜良的新墓之前哭泣。那悲惨的哀号，使得旁观者的眼睛都湿润了。

哭祭完毕，孟姜女转身走到江边，望着波涛汹涌的江水，纵身一跃，旁观者都惊呆了。虽然大家七手八脚忙着救人，却连尸体也找不着，秦始皇想娶孟姜女为妃的美梦也碎了。

赵高指鹿为马

秦始皇死后，李斯和赵高不发丧，心怀鬼胎，一手遮天。

赵高是什么人？他本来是一个小太监（宦官），因为熟悉秦朝法律，又懂得吹牛拍马，很得秦始皇的宠爱，秦始皇便派赵高教小儿子胡亥审判法案。胡亥只知道玩乐，不喜欢用脑筋，赵高就领着胡亥饮酒作乐，自己代替胡亥审问案件。

赵高胡作非为、要拿红包的事儿慢慢闹开了，秦始皇派大臣蒙毅（大将军蒙恬的弟弟）审讯，蒙毅一下子把赵高判个死罪。没想到秦始皇又释放了赵高，赵高从此对蒙家恨到了极点。

秦始皇出巡去世时，赵高、李斯、胡亥都在一旁。赵高串通李斯，假借秦始皇的名义，写了一封信给在边境的长子扶苏，要他和大将军蒙恬双双自杀。

接着，他们把秦始皇的尸体运回咸阳，但对外绝不发布秦始皇已死的消息，沿途之中，文武百官仍照常奏事。由于秦始皇怕被暗杀，一向也是在卧车中接见群臣，于是赵高躲在车中随口乱扯一番敷衍过去。可是到咸阳的路程很远，日子久了，尸体发出的臭气很难瞒过去，赵高便假传圣旨，向地方官要了许多鲍鱼（古代称“腌鱼”为鲍鱼），命令每个官员车上分装一石，大家都莫名其妙。但秦始皇一向专制不讲理，官员也习惯了，不敢多问。鲍鱼一向是有臭味的，就这样遮盖比死老鼠还难闻的尸臭。

扶苏接到信，痛哭一场后，挥出长剑准备自尽。蒙恬认为其中有问题，劝扶苏打听清楚后再死不迟。扶苏不肯，他说："父要子死，子不得不死。"说着，剑往颈上一抹，鲜血狂喷便死了。

赵高、李斯等一行人回到咸阳，便宣布秦始皇的死讯，并假传遗诏，立胡亥为皇帝。

胡亥本来想放了蒙恬的，因为蒙恬有赫赫战功，没有任何理由要杀他。赵高欺骗胡亥说，蒙氏兄弟会造反，于是蒙毅被处死，蒙恬也服毒自杀。

胡亥又下令继续建筑阿房宫，选了五万名武士加上无数役夫。因人太多，粮食不够吃，胡亥竟想了个妙法，命令各郡县随时送粮食到咸阳，但送粮食的人自己得携带粮食在路上吃，不准在咸阳三百里内买东西食用。这是只有像胡亥这种颟顸（mān hān）的暴君才想得出来的办法。

赵高对李斯心怀戒惧，李斯的儿子在战场上为国牺牲了，赵高反诬李斯想谋反，李斯当然不承认。但不承认也没用，胡亥一切都听赵高的，于是李斯被杀掉，赵高当上了宰相。赵高告诉胡亥："天子自称'朕'，'朕'的意思是有声无形，使人可望不可近。因此陛下应深居后宫，才不愧为圣主。"胡亥也就轻易被哄骗，不理政事了。

朝廷臣子都对赵高不满，赵高便设计一项毒计制伏他们。

有一天，他告诉胡亥要送他一匹马，胡亥很是兴奋，感激地道："你送的马一定是好马。"

等到"马"牵进来，原来是只鹿，胡亥就大笑："是鹿嘛。"赵高正色道："明明是马。不信，问问群臣。"大臣们你看我，我看你，没人敢出声。后来终于有几个老臣，看不过赵高这样愚弄君主，挺身而出，表示"这是鹿"。不久，这几个老臣脑袋便搬家了。从此，朝廷官员们都不敢发表意见，只有赵高"指鹿为马"，一派胡言。

秦朝的法律严苛，本来就难忍，加上胡亥的暴虐，比秦始皇有过之无不及，因而人民纷纷起义。赵高到后来逼着胡亥自杀，想以此来跟义军和

指鹿为马，清周慕桥绘。

谈。可怜又可恨的胡亥只做了三年皇帝，二十三岁便死了。赵高继立子婴为帝，子婴看赵高能杀胡亥，将来一定能杀自己，先下手为强，也就把赵高给杀了。但秦朝不久也被老百姓给推翻了。

陈胜、吴广起兵抗秦

中国人的民族性是善良、宽厚而且能容忍的，爱好和平更是自古就有的美德。然而，当压迫过分时，也会一怒而起加以反抗。

秦二世元年（前 209 年）七月，胡亥下令要征调阳城一部分人去渔阳当兵，称为“戍（shù）卒”。有钱有势的人，只要拿得出钱就可免役。一般穷苦的老百姓是非去不可的。

阳城的地方官共征调了九百多人当戍卒，其中有个叫陈胜的，原来是帮人做长工的庄稼汉，身材高大，挺有气派，便被选作队长；他和另外一个队长吴广，分领两个大队到渔阳去报到。两个武官随队监督。

走了几天，他们到了大泽乡，距离渔阳城还有几千里路。没想到天公不作美，哗啦哗啦地下起大雨，一连下了好几天雨都不停。偏偏大泽乡地势过低，积水愈涨愈高，道路也泥泞不堪，压根儿就没法通行。

陈胜找来了吴广商量说：“老兄，糟啦，去渔阳的路还远得很，至少要走一两个月才到，可是期限快到了。根据秦朝的法律，过期要杀头的，难道我们就白白送死吗？”

吴广也很着急，他叹了一口气道：“干脆，逃走算了。”

陈胜摇了摇头说：“没有用，你想想看，有什么地方可逃避？到处都有官兵追捕，倒不如共同做一番大事。将相本无种，男儿当自强。”接着，陈胜又说出一大套计划，他想用秦公子扶苏和楚将项燕的名义作号召，鼓动大家起来反秦。

吴广也认为他的话有道理，但是，以陈胜一个不起眼的长工，如何叫众人心服呢？不急，他有一条妙计。

第二天，陈胜派兵士去买鱼做菜。其中有一条鱼的肚子特别大，剖开来一看，兵士发现其中有块丝绸，吃惊得大叫起来。更怪的是丝绸上居然有“陈胜王”三个大字。兵士吓得把菜刀一扔，叫叫嚷嚷。其他的兵士闻声赶来一看，也觉得很奇怪，有人赶去告诉陈胜。

陈胜听了，板着脸道：“鱼肚子里怎么会有字，你们不知朝廷法度吗？竟如此胡说八道，去！”大家口上不敢讲，背地里谈论不休，此后人人忍

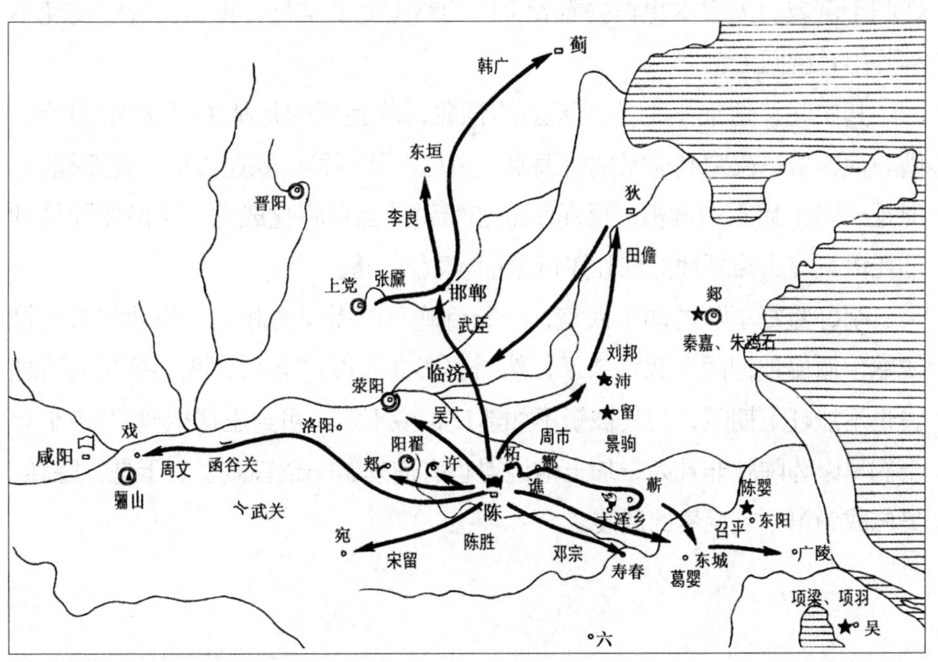

陈胜、吴广进军路线图。陈胜从大泽乡起事后，随后立都于陈，先后六路分兵攻秦：一、主力由吴广指挥攻打坚城荥阳，并分兵许、郏，以主力掩护周文径直西进函谷关，直逼咸阳；二、武臣向北攻取赵地，入邯郸后，继续北进，掠取燕地；三、周市攻取原魏国地区；四、召平攻取广陵；五、邓宗攻取九江郡；六、宋留率兵攻南阳，企图通过武关由南面迂回进入咸阳。陈胜一经揭竿而起，便迅速出现了胜利发展的大好形势，但领导者只顾迅速进攻，而不知及时巩固胜利，对敌我双方实力缺乏分析，贸然分散兵力进攻秦王朝的坚城雄关，陷于被动，终难逃失败命运。

不住对陈胜多看上两眼。

到了晚上更奇怪了，睡觉睡到一半，远远传来像狐狸叫的声音，把大家都惊醒了。起初声浪模糊，慢慢比较清楚，有一个士兵大叫道："我听懂了，是'大楚兴，陈胜王'。"仔细一听，果然就是这几个字。这种奇怪的事传得最快，一会儿人人都晓得了。

仗着人多势旺，大家便起身察看究竟。由于营外是一片荒野，只有西北角上有几株树，树后有一座古祠，声音是从古祠中传出来的，分明就是"大楚兴，陈胜王"这句话。更怪的是，树丛间隐隐透着火光，像灯又像磷火；一会儿移到这边，一会儿移到另一边，变幻离奇；又过了一阵子，一切归于沉寂。大家本想再去看看，因为路上泥滑难行，再加上规定夜晚不准外出，就回去睡觉。

其实呢，这绝不是什么天上的预兆，陈胜玩的是乩（jī）童常用的伎俩。他趁着黑夜跑到渔家把丝绸塞入鱼口，又叫吴广躲在古祠中装狐狸叫。但是一般士兵不知真相，反而添油加醋说什么鱼将化成龙，又说狐狸是神仙托语，交头接耳地把陈胜捧得像仙人下凡一般。

刚好监督军队的两个武官，一天到晚只晓得喝酒睡觉。陈胜眼看时机成熟，偷偷地把两个武官杀了，然后召集众人说："各位，我们等到天晴赶去也不能赶上期限，与其被斩不如造反，说不定还可封王拜相哩。"由于兵士们早以为陈胜非凡人，加上他说得也有道理，一致答应了。于是，陈胜、吴广成为第一支反秦的武装。

张良与神秘老人

张良是反抗秦朝的重要人物。他的祖父和父亲先后当过韩国的宰相，在秦灭韩的那一年，他的父亲因忧国忧时而去世，接着张良的弟弟也死了。

国破家亡同时加到这个年轻人身上，他难过得无法为弟弟办丧事，也懒得管理家中的三百童奴。张良把全部家产都拿出来，到处结交英雄豪杰，想找个刺客杀秦王，以报国恨家仇。

当时秦已统一天下，声势浩大，到哪儿去找一个敢拔老虎须的刺客呢？张良找了很久没有找着，最后，听说有个大力士，名叫仓海君，能举得起一百二十斤重的铁锤，为了逃避秦的暴政统治而隐居在现在的朝鲜半岛。张良不辞千辛万苦找到了这位大力士，仓海君也答应了。

机会来了。秦始皇要去东巡，他们就埋伏在半途，没想到仓海君的铁锤没打中秦始皇，只打中一辆空车。秦始皇大为愤怒，下令严厉搜捕刺客。

这件事很快轰动全国，张良的勇敢侠行很得一般人赞赏。他长得眉清目秀，和蔼可亲，所以百姓们乐于帮助他。因而张良流亡在徐州一带，反而很安全，声望也渐渐高起来。

有个深通兵法的老人很欣赏张良，又担心他从小娇生惯养，是优渥（wò）环境中的贵族青年，恐怕缺乏忍耐功夫，成不了大事，便想考验一下张良。

有一天，张良到经常去散步的桥上游玩，忽然看见一个邋遢的老头儿

张良与大力士仓海君在博浪沙，选自《清刻历代画像传》。

慢慢走上桥来，经过张良的身边，故意把脚一抖，鞋子就滚到桥下去了。老头儿转过脸来很不客气地说："年轻人，去把我的鞋子捡起来！"

张良一听很不开心，心想："我又不认识你，你凭什么对我这样凶？"气得想挥老头儿一拳，但是这老头儿头发花白，走路一拐一拐的，看起来很可怜。张良终于忍下这口气，走下桥去，替他把鞋子捡上来。

这时老头儿端坐在桥头，见张良上来便把脚一伸，很神气地说："哩，穿上。"张良看看那只脏兮兮的臭脚，又好气又好笑，心想好人做到底吧，就跪在地上帮他穿上。

这回，老头儿很满意，捻着胡子慢慢站起来，也不道谢便下桥去了。张良觉得很奇怪，跟着老头儿走了一里多路，老头儿忽然回头，笑嘻嘻道："孺子可教矣，五天之后天快亮时，你到这儿来与我相会。"

五天到了，一大早张良赶到，老头儿已先到了，很生气地责备张良："你年轻人跟老年人约会，竟然要我等你？太不像话，过五天再来。"过了五天，鸡一叫，张良就赶去，没料到老头儿又已坐在那儿等了，当然又训了张良一顿。

张良心中很火，但不便发作，想想还是勉强忍了下来。又过了五天，他连觉都不敢睡，在月光下摸到了约会地点。这次老头儿没在，过了一会儿，老头儿拄着拐杖一步一步走来，笑着说：“好孩子，有出息！”说完，老头儿就自衣袖中抽出一部书，交给张良说：“你读了这部书，将来可当帝王的军师。”

圯桥授书，选自《吴友如画宝》。

接着老头儿又一摆手说：“不必多问，十三年后你再到此来，如看见一块黄石头，那就是我。”

张良从老人那里拿到的是一部兵法，熟读研究后，有了不少心得，后来终于帮助刘邦夺得天下。十三年后他回到桥头，果然看见一块黄石头，就把黄石头带回去供奉。张良很感激这位老人家使他了解“忍耐”的重要。可见得要想做大事，请注意从小培养自己的忍耐功夫，一辈子将受益无穷。

刘邦生有异相

刘邦是中国历史上第一位平民出身而做到皇帝的人。

刘邦生下来的时候，额头很高，鼻子很长，左边的大腿上有七十二颗黑痣，据说是贵人之相。

他有两个哥哥，都跟着父亲种田，刘邦渐渐长大，却不喜欢农事，整天到处游荡，父亲常常训斥他，但也拿他没办法。刘邦因为怕父亲骂，不肯回家，轮流到两个哥哥家去住。

刘邦的大哥不久就死了，他大嫂本来就讨厌这个小叔，这下当然更不愿供食住了。刘邦也不识相，照样去大吃大喝，不但如此，还常常邀一大群朋友去打扰。

有一回，他大嫂实在烦死了，跑回厨房，用锅瓢大声地刮锅底，发出难听的沙沙声，好像在说："没饭了，你们请走吧。"等到刘邦的朋友们讪（shàn）讪地走了，他走到厨房一看，见锅上热腾腾的，还有大半锅的饭菜，才知道大嫂在赶人，脸一红，从此再也不来了。

于是，刘邦就转移阵地，到隔壁的酒店里去吃东西。他没钱只好赊账，但是因为刘邦够义气，朋友一大堆，他一进酒店，酒店就生意兴隆，所以酒店老板也就让他白吃白喝了。

但刘邦并不是真的没有出息，他很聪明，也想做一番事业，便学了一些法律，不久，便得到一个沛县泗水亭亭长的差事，做得很不错，也结交了几个像萧何之类的好朋友。

有一次，刘邦到咸阳去办事，秦始皇的御驾正经过，声威赫赫，气吞山河。他看了非常羡慕，叹息道：“大丈夫就应该如此！”

汉高祖刘邦，选自《晚笑堂画传》，清上官周绘。

过了几天，萧何来找刘邦聊天，说县里来了一位吕公，是县令的好朋友，凡是县里的官员都要去参加欢宴。第二天，刘邦到了县衙门大厅，萧何看见他，故意开玩笑高声喊道：“送礼不满一千钱者，只能坐在堂下。”

没料到刘邦在礼簿上竟写送礼一万钱，然后走进去高坐首席，举杯痛饮。散席后，吕公特别留下刘邦道：“我想把小女嫁给你。”刘邦一听，马上下跪叫岳父，娶吕公的女儿吕雉为妻。

秦二世元年，胡亥下令各郡县，把罪犯押往骊山，修筑秦始皇的陵墓，刘邦也押了一批犯人上路，一出县境，溜走了好几个；再往前走几十里，又不见了几个；在旅馆睡了一晚，醒来又少了人。刘邦一个人管不住，心中烦得慌，便喝酒，喝到太阳都下山了，还没有动身。

忽然他一跃而起说：“各位到骊山做苦工，将来也不免一死，我放了你们如何？”大家都喜出望外，有个囚犯问刘邦：“那你如何交差？”刘邦拍拍胸脯说：“那我也只有逃了，还回去送死不成？”似乎是刘邦的“义气”感动了大家，立刻有十多个人说：“我们愿意跟你走。”

刘邦断蛇，选自《清刻历代画像传》。

于是，刘邦趁着酒兴，踏着月色，带着十多个人走进荒山。走到半路发现一条大蛇，大家都吓得缩腿，刘邦胆子很大，一刀就砍断大蛇，进入芒砀（dàng）山上避难。

大家还记得陈胜吗？陈胜这时想攻打沛县，萧何向县令建议找刘邦来防守，这时刘邦的手下已有一百多人。沛县县令接受了萧何的建议，召刘邦前来，可是，当刘邦到了沛县城下，县令却反悔了，不准刘邦入城。于是刘邦写了一封信，大意是说："天下苦秦已经很久了，希望大家杀掉县令，开门投降。"然后，他把信绑在箭头上射到城里去。城中父老早就想解脱秦的苛法统治，便听从刘邦的主意，把县令杀了，迎接刘邦进城。大家推举刘邦主持沛县的政务，所以史书称刘邦初起之时为"沛公"。

有人说刘邦在路上砍的蛇是天上天帝的儿子，也有人说刘邦的头上有云气围绕。其实，这和说他生有异相一般，都是为增加他的威望编造出来的。事实上刘邦因为意气豪迈，有义气、有胆识，所以在秦末角逐天下的群雄中能够脱颖而出，并不是生有异相，所以用不着迷信相术。

项羽破釜沉舟大战巨鹿

在秦末诸雄之中，兵力最强的是项羽。

项羽是楚国人，他的身世很可怜，从小是个孤儿，跟着叔父项梁过日子。项梁教项羽读书，项羽读了好几年，没有一点儿成绩；改教他学习剑术，还是一窍不通。项梁很生气，把他狠狠骂了一顿。他却说："念书没有什么大用处，不过会写字罢了；学剑也只能保护自己，对付一个人；我要学就学能对付一万个人的本领！"

项梁便说："好，你既然有这种志气，我就教你练兵法。"项羽一开始学得很认真，过了几天又没有兴趣了，项梁也懒得再管他。

秦始皇东巡时，项梁带着项羽去看热闹，大家都啧啧称赞天子的威风，只有项羽指着銮（luán）驾道："我看我可以取代他的地位。"项梁听了，赶紧用手捂住他的嘴道："你想害死全家不成？"

这时，项羽已经二十岁了，身高八尺，眼睛里有两个瞳仁，力气大得能够扛鼎。项梁待在家里偷偷制造兵器，蓄养了一些壮士，准备大干一番。

陈胜、吴广起事以后，他们叔侄二人杀了郡守，自组武力，之后与刘邦共尊楚怀王为天子，共同抗秦。项梁在一场战役中不幸被杀，项羽非常悲痛。

当时，秦军包围了巨鹿（治今河北平乡西南），楚怀王问谁愿意去救赵，被立为赵王的赵歇与将领陈馀、丞相张耳都被困在巨鹿城里。项羽要

霸王项羽，选自《清刻历代画像传》。

为叔父报仇，首先响应，被任命为次将。主将宋义带了大军前往，走到半路，听说秦兵强盛，便有些害怕，下令停止前进，宋义的理由是："等到秦赵先打一仗，消耗些兵力再说，现在就发兵，岂非拿肉喂老虎？"

项羽一怒之下，先杀了宋义，然后下令前进。到了河对岸，他命令把船沉掉，饭锅敲烂，只准带三天干粮，表示决一死战，决不后退。

到了巨鹿附近，两军逐渐接近了，只见秦军阵容整齐，人马精壮，看起来像泰山般矗立眼前。而项羽带领的楚兵呢？衣服破烂，三三两两，凌乱没有阵式，也看不出一点纪律。

哪里晓得项羽似乎是煞星下凡一般，率领兵士就往前猛冲，根本不理会什么阵法，见人就砍。因为楚兵少，秦兵多，一对一分配不过来，所以都是以一当十，奋勇上前冲杀，就像是一头头挣出栅栏的野兽，发疯似的猛冲，而且发出了愤怒的吼声。不但秦兵吓傻了，在巨鹿附近的其他反秦军，也都目瞪口呆。

项羽眼见秦军大将章邯吓得像狗夹着尾巴逃远了，才下令扎营休息。第二天早上，他告诉士兵们说："各位今天要是不把秦兵杀光，咱们就没有粮食可吃了。不是他们死，就是我们亡。弟兄们，干吧！"

于是，一大群士兵像黄河的水一般涌出，直奔秦军。一共打了九个回巨鹿之战作战经过图。秦大将章邯命王离、涉间围赵军于巨鹿，章邯驻军巨鹿城南之棘原，以为后援。赵向楚军求救，楚怀王派宋义率领项羽等人北上救赵。宋义至安阳停而不发，当时，齐、燕、赵等国军队也来到巨鹿以北，见章邯势大，都不敢南下和秦军作战。项羽怒杀宋义，率军北进，先截断章邯和王离之间的联系，后灭王离军，章邯向南败退。项羽跟踪南下，又派蒲将军先行南下到三户津，切断秦军的归路。在洹（huán）水大败秦军后，章邯降。

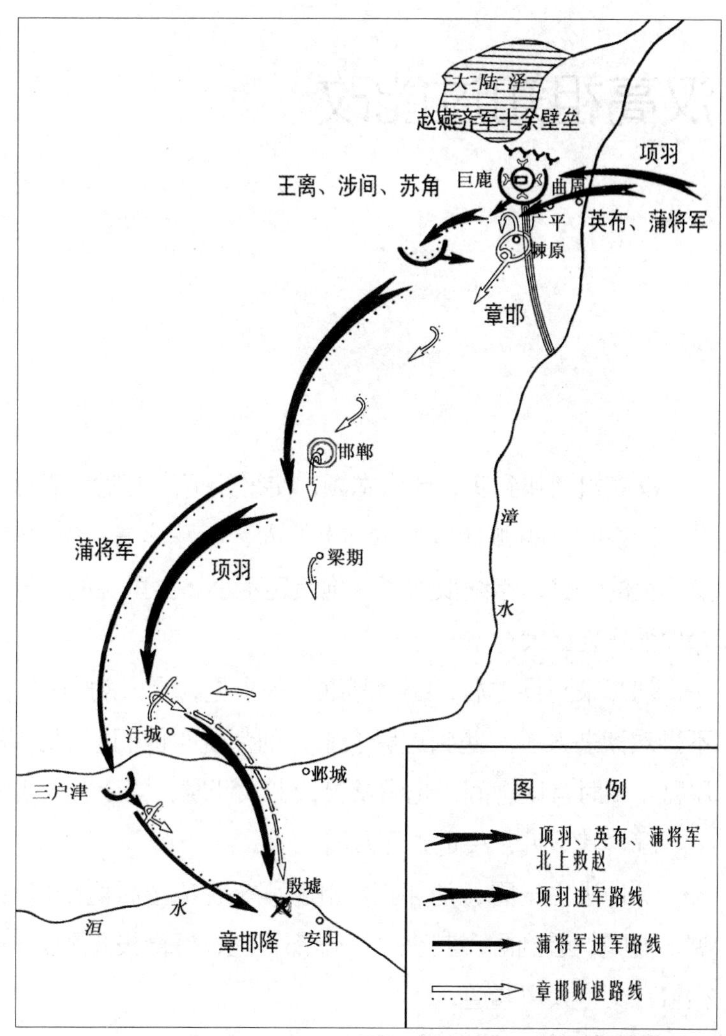

合，每次都是打得秦军大败而逃。

各反秦军的将领，看到秦营已成一片焦土，秦兵死的死，降的降，纷纷拜见项羽，跪在地上说：“上将神威，天下少有，我们愿意接受你的指挥。”项羽也不推辞，笑笑说：“你们先回去吧，有需要的时候，我会通知大家的。”已是一派首领的口吻了。

经过巨鹿之战，他的声威已经建立起来了。

汉高祖知过能改

汉高祖刘邦到底有什么本领，使得天下信服呢？请看下面的故事。

话说有个叫郦食其（lì yì jī）的人，喜好读书，家贫落魄，在里中当个监门吏的小官，年纪很大了，抱负还不小，县里头的人管他叫“狂生”，认为他很狂妄自大。

刘邦来到县中后，郦食其准备去求见，有人劝道：“您免了吧，刘邦最不喜欢读书人了。遇到这般人来，刘邦就叫他们把帽子脱下来，拿帽子当尿盆，平时言谈之间，也常常笑读书人迂腐，骂读书人浅陋。”

郦食其不听，决定去闯闯看。

等他进去一看，刘邦正舒舒服服坐在床上，两个侍女跪在地上帮他洗脚、捏腿，看到郦食其来了，理都不理，好像没见到人一般。郦食其一看火冒三丈，大声骂道：

“引兵到此，是想帮秦国攻打诸侯吗？”

刘邦白了他一眼，看他穿着儒衣儒冠已惹人厌烦，又看他举动粗野，不免发了脾气：“笨老头，你没看到天下苦秦，怎会有人愿意帮秦国？”

“好，你以这种态度对待长者，看以后还有什么贤人为你献计。”说完，郦食其转身就走。

刘邦听了，立刻从床上跳起，擦干脚，换上正式衣服，恭恭敬敬请郦食其上座。

郦食其便说："以你这一点兵力，想对付秦国，那真是羊入虎口，还不如先打下陈留。陈留是交通要冲（chōng），城中粮多马足，我可以助你一臂之力。"

原来郦食其是县令的老朋友，当天晚上他把县令灌得烂醉如泥，偷偷打开城门，刘邦率领军队轻易攻下了陈留，之后继续西进，并且得到张良的帮助，攻进了咸阳。子婴驾着素车，乘坐着白马，脖子上套着绳子，手上捧着国玺，流着眼泪出城投降，结束了秦朝短短十五年的寿命。

刘邦的部队进入宫殿后，大家抢入府库，搬出金银财宝拼命往衣袋中塞，一个个眼睛都鼓出来了。只有萧何一人到丞相府去，把秦朝的图籍找到，检查好关塞险要，户口多寡，以便于日后用兵。

秦朝的宫殿雕梁画栋，引人入胜，花花绿绿的帘帐，奇奇怪怪的古董、珠宝，刘邦真是兴奋极了。尤其是后宫佳丽全体涌上，一个比一个美。刘邦本是好色之人，在这个脸上摸一把，那个手上捏一下，乐得昏陶陶。

刘邦入咸阳，与关中百姓约法三章："杀人者死，伤人及盗抵罪。"宋赵伯驹绘。

这时，樊哙（kuài）闯进来说："你是想要天下，还是只想当个富翁呢？怎么像中了魔似的？"刘邦仍不动，慢吞吞地说："我累了，便在这儿睡一觉吧。"说着，他笑嘻嘻地环顾身旁的美女。

此时，张良进来对刘邦说："因为秦无道，你才能进到这里。你不设法除去秦的暴政，一来就要享受，恐怕明天就得完蛋！"这些话真是一针见血，刘邦如大梦初醒，立即下令封闭府库，退出宫殿。

第二天，刘邦召集地方父老，对他们宣布："秦朝的法令太严，使你们受苦了，现在我已入关，与大家约法三章：杀人者死，伤人及盗抵罪。苛令全部取消，你们可以安心过日子了。"百姓们都欢天喜地地走了，刘邦又传令三军，不得骚扰民众，违令者立斩，人们对刘邦的印象更好了。

刘邦的长处就在此。他犯了错，旁人指正时，他能接受并且马上改过，所以能成就大业。

鸿门宴

刘邦入关，子婴投降不久，项羽也击溃（kuì）了二十万秦军，率领大队人马赶到函谷关。他一看，随风飘荡的大旗上都写着“刘”字，想起在路上听到刘邦已抢先一步的消息，心里很紧张，便昂着头说：“我率领大军来此，你们赶快开门啊。”

守卒说：“刘邦有令，无论何军不准放入！”项羽听了勃然大怒：“刘邦是什么东西？竟敢不放我进去？哼！”他立刻命人架起云梯，冲破城门，在鸿门驻扎下来，商讨对付刘邦的计策。

项羽的谋士范增站出来说：“刘邦以前在山东时贪财又好色，现在进入秦关，不拿财物，不近女人，作风大不相同，这是具有大志，咱们不能小看刘邦。”

项羽说：“打刘邦有什么困难？现在天晚了，就让他多活一夜，明天再拿下他的脑袋！”

此时项羽大军号称百万，气焰万丈，刘邦只有区区十万人，看来完全不是对手。项羽有个叔父名叫项伯，以前得过张良的恩惠，现在听到项羽的话，很为张良捏一把汗。

于是，项伯偷偷溜出营外，骑了一匹快马急急忙忙去见张良。他扯着张良的衣袖说：“你留在这儿等死有什么用，还不赶快跟我走。”

张良说：“刘邦待我不错，不好意思一走了之。”他坚持要告诉刘邦一声再走，项伯只有依他。

张良进去和刘邦商量的结果，是想请项伯帮忙。项伯说：“这不太好吧，我来通知你，完全是私人交情，怎能去见刘邦？”张良说：“你救刘邦，等于是救我，何况天下未定，刘项不该自相残杀。”

项伯无法拒绝，只好去见刘邦。刘邦口口声声叫哥哥，并且表示独生女可以联姻通婚。项伯难以推辞便答应说情，然后，又快马赶回军营去见项羽说：“我劝张良投降去了。”

项羽急着问：“人呢？”项伯说：“张良认为你不合情理，不来了。想人家刘邦入关后，对秦宫财宝碰都不敢碰，就等着你来处理，你还要攻打刘邦，太过分了！明天刘邦会来谢罪，你该好好待他，争取天下人心。”项羽想想有理，也就答应了。

第二天，项羽的部队装备整齐，等着去打刘邦，没想到命令一直未下，而刘邦带着张良、樊哙乘车而来。刘邦下了车，见两旁武士环列，杀气腾腾，心中直打哆嗦，只有张良神情自若，不慌不忙。

刘邦像是羊入虎口，提心吊胆地下拜说：“刘邦不知将军入关，没去迎接，罪过罪过。”项羽哼了一声道：“原来你还知道自己有罪。”

刘邦说：“我们约好了，你从北路攻咸阳，我从南路攻咸阳。我侥幸先入关，什么也不敢动，专候你来，有何不对？倒是有人挑拨离间，太不应该。”

项羽本是胸无城府的粗人，一听之下，觉得自己确是理亏，连忙下去握紧刘邦的手，请刘邦入上座，频频为刘邦布菜倒酒。

范增一心想把刘邦杀掉，一连三次举起身上玉玦，用眼光暗示项羽赶快下手，没想到项羽竟视若无睹。范增急了，把项羽堂弟项庄叫了进来说：“主公外刚内柔，刘邦来送死，他还不下手。你去敬酒，借舞剑的机会把刘邦刺死，永除后患。”

项庄就前去斟酒，然后说：“让我舞剑助兴。”说完他拔剑出鞘，剑锋每每接近刘邦。张良急得拼命向项伯使眼色，项伯便离席道：“要对舞才好看。”剑来剑往，一个要杀刘邦，另一个要保护刘邦，刘邦早已吓得脸上一阵青一阵白。

樊哙在军门外听张良说情况危急，左手持盾右手拿剑便闯了进去，卫士也拦不住他。樊哙乱撞乱推地闯到项羽前面，眼睛瞪得快要裂开，头发竖起，像是要吃人，大家都看呆了。张良说：“这是刘邦的车夫。”项羽随口赞道：“好一个壮士，拿些酒肉给他吃！”

鸿门宴，今人刘凌沧绘。

手下人便拿了一斗好酒、一只猪蹄给他。樊哙接过酒壶一口喝光，然后用刀切肉送入口中。项羽问：“能不能再喝？”樊哙说：“笑话，死都不怕，还在乎一点酒？”并骂了项羽一顿。

而刘邦趁着项羽酒醉，以上厕所为名，悄悄溜了。等项羽醒了，张良立刻献上白璧一双，说尽好话，项羽也就息怒了。靠着张良的机智，刘邦总算逃过了这场惊险的鸿门宴。

韩信受胯下之辱

韩信是淮（huái）阴人，很小的时候父亲就去世了，家里很穷苦。他不会种田，又不懂做生意，整天游游荡荡，饿了就到朋友家去吃一顿。老母没人供养，不久愁病而死。

南昌亭长和韩信交情不错，韩信常去他家蹭饭。亭长的妻子大为不高兴，故意把开饭时间提前或挪后。韩信等了半天吃不到东西，知道自己惹人生厌，不好意思再去亭长家了。

于是，他到淮阴城下钓鱼为生。钓得几尾鱼，拿到市场上去卖，勉强糊口；有时钓不到鱼，只有饿肚子。

钓鱼的河边每天都有许多女子在洗衣服，其中有个老婆婆常把午饭分一半给韩信。韩信很感激，便对老婆婆说："真谢谢您，将来我有办法时，一定要好好报答您。"

话还没说完，老婆婆瞪着眼睛骂人了："大丈夫不能谋生，潦倒成这个模样。我看你七尺须眉，像个王孙公子，不忍心才给你饭吃，哪想要你报答？"说完她就走了。

韩信望着老婆婆渐渐消逝的背影，暗暗立誓，日后发迹时，要重重地谢谢她。

韩信家里没有什么值钱的东西，只有一把宝剑。韩信外出时，总爱把剑挂在腰间。有一天，他在街上闲逛，碰到一个小流氓，叉着腰，当面侮

漂母分饭给韩信，选自《马骀画宝》。

辱韩信说："小子，我看你老挂着一把宝剑干什么的？瞧你，块头蛮大的，胆子怎么像老鼠？"

街上的人都围拢过来看热闹，小流氓更猖狂了。他接着又挖苦韩信："你如果有种，不妨拔出剑来和我一拼。不然的话，嘻嘻！你就得从老子裤裆下爬过去！"说着他便撑开两腿，用手指一指胯下。

韩信盯着他看了好一会儿，便一语不发地趴在地上，从流氓的裤裆下爬了过去，旁观的人笑得眼泪都流出来了。韩信站起来沉默地离开了闹市。

之后他投在项羽麾（huī）下，但项羽不重视他，他又转在刘邦旗下，依旧只做个"连敖"的小官。

有一回，韩信和同事们酒后发牢骚，被刘邦知道了，以为这些人想造反，把他们抓来后就准备砍掉，一连砍了十三个人的脑袋，轮到韩信时，他大喊："汉王不是想要得到天下吗？为什么又要杀死壮士？"

刘邦听到监斩官报告这件事，不仅免了韩信的死罪，还把他的官往上升了一级，但韩信终究还是个不起眼的小官吏。

刘邦的谋士萧何倒是随时在留意人才，他看准了韩信将来有出息，向刘邦保荐韩信。韩信看到萧何能够赏识自己，就安心等好消息。

萧何月下追韩信，清代年画。

天天等、天天盼，过了一个月毫无动静，韩信觉得没指望了，悄悄地收拾行李便上路，想离开刘邦，另谋发展。萧何听到消息，如失至宝，选了一匹快马就追上去，一直追了一百多里路才追上韩信，然后说尽好话，韩信才答应回去。

刘邦在宫里听说萧何出走，急得发狂，他觉得萧何一走，自己好像断了两条手臂一般难过。所以一看见萧何回来，他又高兴又生气地说："你怎么背着我逃走呢？"

萧何回答道："我哪里是逃走，我是去追逃走的人啊！"

等到刘邦问明白是怎么一回事，也就答应任命韩信为大将，并且造一大坛，选一个黄道吉日，隆重举行拜将典礼。

刘邦还一连吃了三天素，这是古人表示隆重的方式。到了当天，坛前悬着大旗，随风飘荡，坛下四周，兵士环列，真是威风极了。从此，韩信正式成为刘邦手下一名大将。

一个人要能忍，才能成大事。韩信如果不能忍耐，和那些小流氓打起来，韩信也许会把小流氓杀了，那么韩信就会因杀人罪入狱被处死，哪里还能成就后来的一番事业呢！

张良烧掉栈道

项羽占领咸阳之后，开始分封诸王，他自封为西楚霸王，地位最高，实力也最强；封刘邦为蜀王，仅有小小的一块地方。

刘邦心里很不痛快，手下的将领也怒气冲天，个个摩拳擦掌，准备去找项羽算账。张良劝刘邦先别发作，忍耐一会儿，然后带了金银财宝去找项伯帮忙。

项伯的话挺管用的，项羽果然答应把汉中也给刘邦，改封他为汉王，建都南郑。

于是，刘邦率领人马，浩浩荡荡向南郑进发。走到一半，后队的人马喧嚷起来，原来栈道被烧断了。刘邦不理会这件事，只一个劲儿催着："快走！快走！"

到了南郑后，大家听说是张良烧掉栈道的，异口同声地骂他混蛋，断了回去的后路，真没有良心。

其实呢，这是张良的一条妙计。他这么做有三个用意：第一，暗示项羽，刘邦没有东归的意思，敬请放心；第二，断了各国进犯的通路；第三，将来兵练成了，还可利用栈道达到另一个目的。

自韩信被任命为大将军后，他日夜操练兵马，使得军容一新，士气旺盛，择定汉王元年八月出师东征。这时对外交通的栈道已烧掉了，怎么办呢?

蜀栈道，明谢时臣绘。

韩信说：“没关系，烧得好，我们可以明修栈道，却暗度陈仓。”刘邦一听这话，恰好与张良的计谋相同，高兴地鼓掌说：“英雄所见略同。”于是，他派了很少的兵士假装去修栈道，暗地里由韩信率领三军，悄悄从南郑出发。

此时，正是秋高气爽，兵士都想早日返回家乡，所以，日夜赶路，很快便到达了陈仓。

项羽曾命令秦朝降将章邯好好地守住汉中。因此，章邯每天都派有兵士巡逻，这一会儿，栈道有动静了，自然马上便有消息。章邯听说只有几百个兵在修栈道，很放心地说：“别紧张，栈道长着呢，烧掉很容易，要修起来却很困难，几百个人哪里够？汉王既想出兵，当初又何必烧掉？真是一个大笨瓜！”

不久，章邯又听说汉王已命韩信为东征将领，他没有听说过韩信的名字，派人去打听。那人告诉章邯，韩信是个曾经从人家裤裆下爬过去的懦夫。章邯忍不住大笑：“这种人也配当大将？汉王真是发神经了。也难怪他，如果不是糊涂，当初也不会烧栈道了。”章邯愈想愈好笑，笑得肚子都痛了。

到了八月，忽然有急报传来，说是汉兵已到达陈仓，章邯还不相信。他自言自语道：“奇怪，栈道还没有修好，汉兵打哪儿冒了出来？莫非他们会飞不成？”这时他才着急起来。

可是已经来不及了，汉兵因为有备而来，像猛虎出柙（xiá）一般，势如潮水，人人奋勇，只管往前冲。而章邯呢？因为以前是秦大将，本来就不孚（fú）众望，又疏于防范，交兵不久，章邯便被打得落花流水。

经过这次大仗，韩信的威名传布四方，刘邦的声势也逐渐盖过项羽了。

陈平的离间计

陈平从小父母就去世了，跟着兄嫂过活。由于他喜欢念书，所以虽然家里很穷，陈平的哥哥还是拿出钱来让他读书，这件事使得陈平的嫂子很不高兴。

陈平生得眉清目秀，唇红齿白，是个相当帅的少年郎。有一回，隔壁的邻居来串门子，看到陈平就开他的玩笑："瞧你，脸蛋白里透红，好像掐得出水似的，你是吃了什么东西，把皮肤养得这么好？"

他嫂子在一旁听到，冷冷地说："像我们这种人家，能吃什么好东西，只能吃米糠。"接着，又白了陈平一眼道，"有这种小白脸的小叔子，还不如没有来得好。"

陈平的哥哥刚好自外面回来，听到妻子的刻薄话，气得立刻要和她离婚。陈平的心中很过意不去，心里想，将来一定得干出一番成绩报答兄长。

他们村子里有个富翁叫张负，张负的孙女是有名的大美人，可是命太硬，一连许配五个人家，还没有嫁过去男方就一命归天了。因此，媒人不敢再上门，张负心中很着急。

恰好附近有人办丧事，张负去吊祭时，发现有个帮忙的小伙子，英气逼人，又精明干练，打听之下，原来就是陈平，于是便把孙女许配给他，也不在乎陈平穷得一文不名。

陈平大喜过望，娶了漂亮的妻子，又得到一大笔钱，从此便得意起来了。村子里的人对他也另眼相看，连祭祀分肉时也推他当社宰。陈平一刀下去分得公平极了，大家都称赞他。陈平很得意地说："如果要我宰天下，我也会像割肉一般，分得清清楚楚，秉公办事。"

后来，陈平投奔到项羽麾下。为了一点小事，项羽想杀他。陈平知道了吓得逃出来，看到一艘船，就急忙跳上去。船上几名船员长得横眉竖眼，不断对陈平狞笑，想要谋财害命。陈平急中生智，自动把衣服脱下，表示一无所有，并且帮他们划船，这才捡回了一命，后投奔到刘邦麾下。

陈平分肉，明陈洪绶绘。

刘邦知道硬碰硬是打不过项羽的，陈平就帮刘邦想了一条妙计：他先买通了人到楚营中散布谣言，说项羽的谋士范增有谋反迹象。项羽虽然一向对人猜疑，但未中计，因为范增素来是忠心不二的。

接着，陈平又派人去跟项羽讲和，愿意把荥阳东面的土地分给楚，请项羽派一个使者来商量。项羽也正想找个人去探查刘邦城中的虚实，也就答应了。

楚使到了以后，便被招待住进了最好的上房。不一会儿，看到仆人们把一盘盘山珍海味捧过去，那阵阵香味馋得楚使的口水都淌到了嘴边，他摸着饥肠辘辘的肚子道："等会可以大吃一顿了。"

接着陈平进来了，问起范增的近况，并且问有没有他的信。楚使说："我是奉楚王项羽之命而来的。"陈平忽然脸色发白，匆匆忙忙地走了。一会儿，菜也一盘盘端走了，有人悄声在说："白忙一阵，他不是范增派来的，配吃酒席吗？"

等到天都黑了，楚使的肚子都饿扁了，才有人来招呼他吃饭。他满怀欣喜地一揭开盖子，一股腐臭味冲出，饭是馊的，酒是酸的，再尝一口菜，"哗啦，哗啦"全吐出来了。楚使恨恨地说："再吃下去，非食物中毒不可。"

楚使立刻跑回楚营，一五一十报告了项羽。项羽很生气地说："范增这个老家伙，是不是活得不耐烦了？"心中疑云大起。

其实，范增毫不知情，还跑来说："以前鸿门宴时，我请大王杀掉刘邦，大王不肯，遗祸至今，现在再不杀就惨了。"

项羽说："你这个混蛋，只怕我还没有杀掉刘邦，我这条命就要送在你手上！"

范增一片忠心，落得如此下场，他伤心地离开了项羽，在返乡途中忧病而死。等项羽知道中了陈平的离间计时，后悔已经来不及了。

真假刘邦与娘子军

陈平耍了项羽一招，害他把最能干的谋士范增赶回家乡。

范增由于受不了不白之冤，在又气又急又伤心的情况下，病死在半路。项羽得到消息，想起范增的一片忠心，懊悔难过得要命，恨不得一脚把刘邦踏死报仇才甘心。

于是，项羽指挥大军猛攻荥阳城，刘邦的将士们渐渐守不住，粮食眼看着也吃得差不多了。平日计谋甚多的张良和陈平，这会儿也拿不出办法来，只有不断地激励士兵们苦撑下去。

刘邦的军营里有个将士纪信，非常忠心，愿意用死来报答刘邦的知遇之恩。

纪信找了一个机会对刘邦说："城里头兵少粮缺，再拖下去也只有死路一条，非想办法冲出去不可。我想打扮成大王的模样，假装出门投降，你就趁这个机会逃走吧！"

刘邦说："这样的话，我虽然可以出去，你不是太危险了吗？"

纪信说："倘若不听我的话，等城一攻破，大家一起完蛋又有什么好处？如果照我的话做，不但你可以逃出城去，其他人也可以逃出去。我一个人的命能抵许多人的命，也很值得了。"

刘邦一时还不能决定，纪信抽出佩剑就要往脖子上抹，说："你不忍心让我死，那我现在就死给你看！"吓得刘邦赶紧下来拦住纪信哭道："你的

忠贞，古今都没有一个比得上，希望上天保佑你。”纪信这才收回剑，慢悠悠地下拜说：“我死得其所了。”

接着，刘邦便召来智多星陈平，告诉他这件事，陈平说：“纪将军肯替你死，还有什么话好说。不过，最好再加上一计，那才万无一失。”陈平附在刘邦耳旁低语一番，刘邦一面点头，一面微笑，到后来，更是大笑不已。

陈平立刻磨墨写降书，派人出城交给项羽。

项羽看完了降书，便问：“刘邦什么时候来投降？”

使者回答道：“就在今天晚上。”

项羽很满意，并叫使者回去通知刘邦，不得误约。否则，项羽准备明天屠城，杀光所有的人。

到了半夜，荥阳城的东城门打开了，放出许多人来。项羽的兵士们惟恐有诈，很紧张地准备好武器，却听到传来娇滴滴、软绵绵的声音：“我们都是妇女，城里面没得吃没得穿，只好趁开门的时候，逃出来求生，希望各位将军们放我们一条生路。”

纪信与刘邦、张良等人定计逃出荥阳，选自清《戏剧图册》。

项羽的士兵用火把一照，嗄（á）！果然是女的，有的年纪很老了，也有很年轻的，只是身上都穿着军装，走起路来忸忸怩怩。大家觉得很奇怪，问她们为什么以这种打扮出现？她们说：“哎，我们可怜噢，没有衣服穿，只有借军人旧的甲衣御寒。”

听说来了一批娘子军，楚兵都好奇得很，围拢过来看热闹，分站两旁，好让她们通过。见到年轻貌美的，更指指点点，品头论足，看得不亦乐乎。

奇怪的是，她们走了一批又一批，好像永远走不完。楚将以为刘邦是跟在这些女子后头出来投降，因此其他西、南、北三个方面的楚兵知道这种新鲜事，也纷纷赶来一饱眼福，像看选美似的起劲。

刘邦趁着这个机会，脚底抹油，带着将领们开了西门逃之夭夭。

妇女们走路慢，楚兵也舍不得催她们。因此到了快天亮，大家才看到汉王刘邦坐着车子出城，赶紧请项羽出来。

项羽威风八面地在刘邦的车前一站，大喝道：“刘邦别装死，见我亲自出来，还想坐在里面当木偶吗？”说完，他命左右拿着火把，将车内照个通亮，却发现坐在车中的，不是刘邦，而是别人穿了刘邦的衣服冒充的。项羽气得直跳脚：“哪个混蛋，冒充刘邦？”

纪信不慌不忙地答道：“大汉将军纪信是也。”并得意洋洋地告诉他，刘邦早就走了！项羽一气之下，把车烧掉。舍己为人的纪信，也就活活被烧死了。

讲义气的夏侯婴

夏侯婴是刘邦的小同乡，也是沛县人，两人从小就很要好。当刘邦担任泗水亭亭长的时候，夏侯婴也在沛县当司马，专门替县府的官员赶马车、送客人。

他每次送客人经过泗水亭时，一定去找刘邦聊天。两人对喝一壶老酒，谈得津津有味，往往谈到太阳都快落山了，还一点也不察觉。

夏侯婴是个很上进的年轻人，平日除了驾车外，时时不忘读书充实自己。因此有一天，他接到命令——升为县吏。夏侯婴高兴得立刻驾马车赶到泗水亭，告诉刘邦这个天大的好消息。

刘邦也很为好朋友开心，他笑着推夏侯婴一把道："好小子，有你的！"由于用力过猛，竟使夏侯婴后退几步，撞到重物，而且还受了轻伤。

有个热心的过路人看到了，一状就告到县老爷那儿，说刘邦打人。刘邦平日品行不端，早有伤人的前科，如果再以殴人获罪，一定要判很重的刑罚，所以夏侯婴极力为他脱罪，使刘邦免受牢狱之灾。

可是，原检举人不服气，明明刘邦是打人嘛，于是又一状再告上去。而查清楚了夏侯婴确实有受伤，这等于说夏侯婴是做了伪证，夏侯婴因而受到重罚，挨了一百大板，被关了一年牢，县吏的官也丢了。然而，夏侯婴始终没说过一句不利于刘邦的供词，可见得此人颇有侠义风骨。

后来，刘邦起事反秦，夏侯婴始终跟着他，每战必胜。由于驾车是夏侯婴的看家本领，所以他也经常亲自为刘邦赶车。

彭城之役，项羽大获全胜，刘邦落荒而逃，远远看到一队兵马，以为是楚兵追上来了，赶紧闪到树林里去。等到兵马走近，仔细一看，原来是夏侯婴，刘邦便高兴地跳上了车子。

一路上，许多人狼狈逃难。忽然间，眼尖的夏侯婴嚷道："咦，难民中有两个小孩，好像是大王的孩子。"

夏侯婴，选自《桂林夏氏家谱》，清刊本。

刘邦一看，果然就是，夏侯婴急忙停车，把两个小孩抱上来。原来他俩是跟着祖父、母亲一块儿逃命，不幸半路被冲散了，幸亏遇上了刘邦，刘邦和两个小孩又惊又喜。

就在这时刻，大队楚兵赶上来。

刘邦大叫："快跑！"

于是，夏侯婴一挥马鞭往前奔去，眼看着楚兵快要追上了，刘邦惟恐车重走不快，狠下心就把两个孩子推下车。夏侯婴见了，立刻停车把他们抱回车上。

刘邦再一脚把小孩踢下去，夏侯婴又把他们抱上来，让他们一左一右抱着自己，像合抱一棵大树一般。刘邦气极了，大骂夏侯婴道："现在是什么时候了，难道还要管小孩吗？这不是找死！"

夏侯婴说："这是你的亲骨肉，怎么可以扔掉呢？"

刘邦懊恼极了，说："你再抗命，我就杀了你。"

夏侯婴还是不理会，刘邦更气了，拔出剑来挥了过去，夏侯婴躲闪开来，却发现两个小孩又被踢下去，索性叫别人来驾车，他自己抱着两个吓得半死的小孩跳上一匹马，捡回了两条小生命，一起逃出了楚兵的重围。

真齐王与假齐王

话说有次韩信接到刘邦的命令，要他在赵国召募军队攻打齐国。韩信动身不久，郦食其觉得这是一个立功的大好时机，便去见刘邦，说自己有办法不用一兵一卒，说动齐王投降。刘邦答应了。

郦食其对齐王说：“现在大势已定，天下归汉，名正言顺，如今各地诸侯纷纷归附刘邦，你呢？有没有什么打算？”

齐王想想，既不可能一霸天下，还不如趁早投降，免得日后危险，于是问道：“如果我投降，汉兵还来不来？”

郦食其一面摇头一面说：“绝不会来，你放心吧！”说完，他立刻写了封信给韩信，叫他停止用兵。齐国也就正式撤防，齐王天天陪着郦食其喝酒，日子过得很快乐。

韩信手下的谋士蒯（kuǎi）彻（《史记》《汉书》为避讳称“蒯通”）跟韩信说：“你带兵打了一年多，才平赵国五十多城，而郦食其张张口，就拿下了齐国七十多城，你再不趁齐国边防空虚时进攻，还待何时？”

韩信说：“我一出兵，郦食其的老命不就丢了？”

蒯彻笑道：“他啊？活该！汉王本来是叫你去打齐国的，他干什么要去抢功劳？”

韩信本也是个贪功之人，听了这话，点齐人马，一会儿工夫便杀进齐国，齐兵莫名其妙吃了个大败仗。

齐王正与郦食其对饮下棋，听到消息，气得命人烧滚了一锅油，把郦食其丢进锅内活活炸死，然后，派人去求项羽帮忙。

但是项羽的军队也不是韩信的对手，三两下就被打得落花流水。

韩信平定齐地后，志得意满，想当齐王，派人禀告刘邦，要求给他假齐王（“假”是代理的意思，假齐王就是代理齐王）的封号。

看到韩信的使者，刘邦很生气地说：“我困守广武，日日夜夜盼他来帮忙，他老不来，居然还想做齐王？”

这时候，张良、陈平在一旁赶紧使眼色，又用力踩了一下汉王的脚。张良凑在刘邦耳边说：“现在大局不好，军队大权又都握在韩信手中，你禁止韩信称王，莫非想逼他造反？不如顺了他吧！”

刘邦马上会意过来，依然绷着脸对韩信的使者说：“干什么做假王，要做就做真王！”接着，他命令张良去齐国，爽快地封韩信为齐王。

韩信央求当假齐王，没有料到竟当上了真齐王，对刘邦感激得五体投地。因此，张良劝他攻打楚国（项羽），他就满口答应了。

此时，楚使者来求见韩信，希望他联楚攻汉，否则就保持中立，

韩信，选自《历代名臣像解》。

三分天下。以韩信的实力，不论刘邦、项羽，都得让他三分。

韩信不愿意，他说："以前我在项羽手下，他一直瞧不起我；刘邦待我恩重如山，我不能背弃主人。"

蒯彻则劝韩信不妨多考虑，因为"刘邦为人与勾践一般，可与共患难，不可共富贵；文种为越王立了大功劳，结果仍被杀。狡兔死，走狗烹，是千古不移的道理，要为自己留个余步"。

韩信始终不忍心背叛，蒯彻恐怕日后遭祸，就假装发疯，离开了韩信。

虞美人

楚汉相争的最后一个故事，也就是历史上大大有名的“霸王别姬”。

项羽有一个宠姬——虞（yú）氏，长得非常美丽，而且知书达礼，温柔体贴。项羽不管到哪儿都带着她，就连出兵打仗也不例外。

这天，虞姬在军营中等候项羽，同时在厨房张罗酒菜准备为他庆功。忽然间项羽进来了，神色匆忙，满脸疲惫。项羽平日都是大笑大叫、志得意满的神情。虞姬从没有看过项羽这样颓丧过，扶他坐下来，才问：“怎么一回事？”

项羽万分懊丧地说：“败了，败了！”眼眶中饱涨着泪水。虞姬安慰他说：“胜败是兵家常事，你也不要太难过了。”项羽说：“我真是从来没见过这种恶仗。”

原来，项羽轻敌，中了韩信的计，遭到十面埋伏，在垓（gāi）下吃了一个大败仗。手下的十万楚兵被打死了三四万，逃散了三四万，只剩下两三万残兵，狼狈逃回营中。

面对着满桌酒菜，项羽哪里咽得下去？又不忍心拂却虞姬的情意，就坐下来，一杯一杯喝着闷酒。

喝了三五杯之后，有个兵士进来报告：“汉兵已围住营寨了。”项羽不想再烦这件事，摆手道：“小心坚守，明天再决一死战。”

项羽越喝越愁，越愁越困，睡眼模糊，头昏脑胀，虞姬便伺候他睡下，自己在榻旁陪着。

项羽乌江自刎，选自《画给儿童的孙子兵法故事》。

她一会儿听见“哒、哒……”的车马声，一会儿听见“呼、呼……”的风声，接着又有一片歌声传进来，一声高，一声低，一声长，一声短，如怨如慕，如泣如诉，悲凉极了。

虞姬回头看项羽，早已鼾声如雷。这歌声打哪儿来的呢？原来是张良编了一曲楚歌，教兵士在军营附近唱，句句悲哀，字字凄惨。楚兵们听到家乡的歌曲，想到年迈的双亲，远隔的妻儿，心酸酸的，到后来，竟一个一个散去，只剩下八百个亲兵还守在项羽门外。

项羽大梦初醒，听到四面楚歌，奇怪地走出帐外细听，发现歌声起自汉营，更是惊奇无比。这时士兵前来报告：“只剩下八百亲兵。”项羽大感惊异：“一个晚上竟有这么大的变化！”回身进帐，看见虞姬已哭得像个泪人儿，也不由得泪珠滚滚。

他吩咐厨房重新烫酒后，与虞姬共饮数杯，随口唱道：

> 力拔山兮气盖世！时不利兮骓不逝！
> 骓不逝兮可奈何！虞兮虞兮奈若何！

项羽生平最爱的，一是乌骓马，一是虞姬。这次兵围垓下，英雄末路，最舍不得这两样。

虞姬也跟着唱了一首：

汉兵已略地，四方楚歌声。

大王意气尽，贱妾何聊生。

唱完，两人抱头痛哭，在旁的侍者也为之鼻酸！最后项羽说："你这么娇弱，怎能跟我冲出重围？我看你不妨自找生路，我要与你永别了。"

虞姬突然起立，竖起双眉："我死也要跟着你，望大王多保重。"接着她拔剑自刎，项羽泣不成声。后人为了凭吊虞姬，特别为她谱曲，曲名《虞美人》。

项羽葬了虞姬，率八百亲兵在拂晓逃出，等他匆匆赶到淮水边，只剩下一两百人。这时前有岔路，项羽便问路旁老农："哪儿可到彭城？"老农恨项羽残暴，故意指引了他一条错路。

等项羽发现受骗再转回头时，这一耽误，便被汉兵追上。四面的金鼓声、呐喊声，愈逼愈近，而剩下的仅有二十八人。

项羽知道逃走很难了，便率二十八个人摆成圆阵，对骑兵们说："我领兵八年，转战七十多回，从来没打败仗。今日是天要亡我，但是我要你们知道我能战。"他把二十八人分为四队，叫他们从四面冲下山去，周而复始，自山上杀下九回，汉兵一见便逃散，证明了他确能打仗。

最后，他冲到了乌江边，乌江亭长对项羽道："江东虽小，仍有千里，足可称王，现在只有这一条船了，你赶紧过江吧。"

项羽凄惨地笑道："天要亡我，何必再渡江？我与江东子弟八千过江西征，现无一人东还，我有何面目再见江东父老？"说完，便把乌骓马送给亭长，表示谢意。

汉兵赶到，项羽又连杀数十人。最后，他见到一个旧识的吕马童道："听说能得我头者，汉王将赏千金，封万户侯，我卖你这个情面吧。"说完，自杀而死。汉兵纷纷上去抢尸体，甚至自相残杀。一代霸王，死时才三十一岁。

项羽死后，刘邦统一天下，建立汉朝，中国的历史也有了另一番新气象。

田横与五百义士

自从刘邦打败了项羽，登上了帝位，定都长安，国号汉，他就是汉高祖，中国历史上第一位平民出身的皇帝。他虽然统一了全国，依旧有人不服气，不愿意拥戴他为皇帝，其中之一，便是田横。

楚汉相争之时，田横是齐国的相，后来，齐国被汉将韩信攻破，齐王死，田横便自立为齐王，继续与汉军作战。

不久，田横被汉将灌婴打败，逃到河南开封，依附彭越。当时彭越既不归顺项羽，也不听命刘邦，保持中立的姿态。过了一年多，项羽失败，在乌江边自杀，刘邦做了皇帝，任命彭越为梁王。田横眼见彭越已归顺汉朝，心里害怕刘邦会杀他，彭越已经不能保护他，因此，便偷偷溜到东海的一个岛中。

刘邦知道了这件事，心中很忧虑，害怕田横会造反，派人去劝他投降。使者到了岛上，把刘邦的信交给田横，表示赦免田横的罪。

田横看完信，对使者说："以前郦食其到齐国来劝降，齐王答应了，没想到后来韩信又攻打过来，我建议把郦食其丢到锅中炸死。如今听说郦食其的弟弟郦商，在刘邦手下当大将军，他一定会为哥哥报仇。因此，我不能接受你的好意，请皇上准许我在海岛上做一个老百姓吧。"

使者回去把这番话转告了刘邦。

刘邦说："过去的事，不要再算老账，田横也未免太多虑了。"接着，刘邦立刻把郦商找了来，对他说：“田横要来了，你如果私下陷害他，当心我灭你的族。”

郦商心里很不服气，但也不敢辩驳，只好闷声不响地告退。

刘邦又派使者到了田横那儿，告诉他不必害怕，并且说：“你到了洛阳，大者可封王，小者可封侯。若要存心抗命，我现在就可派兵打你。”

田横不再说什么，带了两个随从，跟着使者，航海登岸，乘驿车前往洛阳，快到目的地时，田横对随从说：“我和刘邦一样，也曾南面称王，现在成了亡虏，要跪在地上喊他皇帝，岂不可耻？况且我曾烹郦商的哥哥，就算他畏惧皇帝的命令，不敢对我报仇，我心中能不惭愧吗？汉朝皇帝坚持要见我，无非是想看一看我的面貌，现在皇帝就近在洛阳，你们割下我的脑袋，即刻送往洛阳，我的面貌大概还不会怎么改变。”

在门外的使者听到哭声进来一看，两个随从正伏在田横的尸体上痛哭，很是懊恼，却也没法子挽救。

当田横的脑袋被捧到刘邦面前时，面目如生，刘邦连连叹道：“可惜，可惜。”刘邦封两个随从为都尉，然而他们的心里一直郁郁不乐。

田横告别五百壮士，徐悲鸿绘。

刘邦派了两千人为田横修筑坟墓，收殓田横的尸体，吩咐把头和尸体缝起来，用王礼安葬。田横手下的两个随从送殡到坟场，大哭一场，就在坟墓旁边刨了两个坑，然后拔剑自杀在坑中。刘邦听了大吃一惊，只得又派人安葬了这两个人。

“田横死了，他手下两个人也自杀了。真是奇怪，海岛上还有五百个人，如果都像这样，那还了得吗？”刘邦愈想愈着急，赶紧派人到海岛去造谣，说田横已当了官，请大家都去享福。

岛上的五百人以为是真的，一块儿到了洛阳，才晓得田横等三人都自杀了，大家聚在田横坟墓旁边，一面哭一面拜，并且合唱了一曲《薤（xiè）露歌》，唱完以后集体自杀。

薤露的意思是，人生像薤上的露珠，很容易便消逝。这首哀怨动人的歌流传千古，后代人称为挽歌，在葬礼中演唱，也是为了纪念五百义士的忠勇精神。

兔死狗烹

刘邦曾说过："率领百万大军，战必胜、攻必克的本领，我不如韩信。"汉朝建立以后，韩信的下场如何呢？

话说刘邦统一天下之后，有一年，他忽然想起项羽手下有个大将军，名叫钟离眛的，到现在还没找着，很叫人忧虑，立刻下令通缉。

不久，有人通风报信，说是钟离眛窝藏在韩信的家里。刘邦对韩信早有戒心，听到这个消息，好像背上长了一根刺，坐立难安，立刻派人通知韩信把钟离眛将军交出来。

钟离眛和韩信一样，都是楚国人，项羽败亡后，钟离眛走投无路，不得已投靠韩信。韩信顾念旧情，也就把他收留下来。如今，刘邦要他交出钟离眛，韩信考虑再三，终究不忍心，推说没有这回事。

刘邦自然不相信，派人来探虚实。结果发现韩信每回外出，前后护卫有三五千人，声势烜（xuǎn）赫，大有凌驾帝王之势，使得刘邦更加确定韩信想要造反。

当时，韩信受封为楚王，封地是在今日的湖北南部一带。足智多谋的陈平建议刘邦以到云梦（在今湖北省中东部）去巡狩为名，在楚国大会诸侯，乘机削夺韩信的兵权，刘邦同意陈平的计谋。

韩信接到诸侯会集的命令，心知不妙，因此，对钟离眛的脸色也难免变得很难看。钟离眛很愤怒地对韩信说："你是个反复无常的小人，我真瞎了眼睛才投靠你！”说完他便自杀了。

韩信虽然把钟离昧的脑袋交出，刘邦还是把他降为淮阴侯，送到京城长安，一切生活都加以监视。韩信叹了一口气道：“有人说，兔子逮着了，猎人便把猎狗煮了吃；鸟被射光了，猎人也就把良弓收藏起来；敌国被消灭了，功臣也免不了被杀。现在天下已定，看来我也该死了。”（原文是：“果若人言，‘狡兔死，良狗烹；高鸟尽，良弓藏；敌国破，谋臣亡’。天下已定，我固当烹。”）

从此，韩信怏（yàng）怏不乐，时时托病不上朝。有一年，北方的代国丞相陈豨（xī）造反，刘邦亲自带兵去讨伐，也不用韩信为大将，表示对韩信越来越不放心。

出发前有一天，刘邦与韩信谈论将官们的才干时，刘邦忽然问：“你看我可领多少兵马？”韩信说：“最多不超过十万。”

刘邦问：“你呢？”韩信答：“愈多愈好。”

刘邦笑道：“既然如此，你为什么做我的部下？”

韩信说：“你虽不会带兵，但却能指挥将领。”

刘邦不再说什么，但对韩信又添了一层疑惧。

在刘邦领兵到北方打仗期间，国事由吕后掌管。

韩信和陈豨是老朋友，他与陈豨相约造反，准备发动京城里的奴隶，去袭击吕后和太子。韩信的计谋大致决定，不巧发生了一个意外。原来，韩信家里的一个小吏得罪了韩信，韩信要把小吏关起来处死，小吏的弟弟知道了，为了救哥哥，立刻跑到宫里，去向吕后报告韩信谋反的计划。

吕后得到了密报，不敢轻举妄动，因为她不知道韩信发动了多少人马。于是召萧何入宫密商。吕后与萧何就设下一个圈套。

第二天清晨，萧何暗中派了一个人，骑了一匹快马从城外飞奔回长安，这个人伪装是刘邦从前线派来的，带来一个消息：“陈豨已被杀。”这个假消息立刻传布开来，萧何立刻召集在长安的群臣，入宫向吕后致贺。

萧何特别跑到韩信家里，告诉韩信这个消息，并且强拉韩信一同入宫。

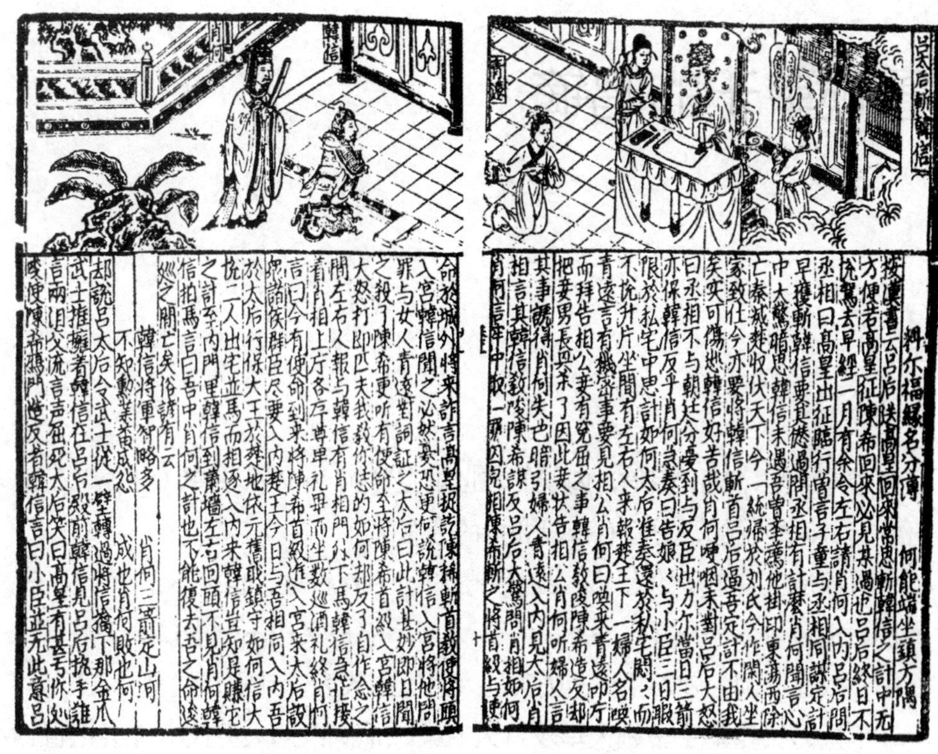

吕后定计杀韩信，中国明代版画。

萧何和韩信一同到了长乐宫，埋伏在宫内的数十名武士一拥而上，立刻把赤手空拳的韩信捉住，并且就地斩首。

本书前面，我们曾说到韩信是靠萧何才发迹的，现在却又是萧何把他送到西天去的。所以后人叹“成也萧何，败也萧何”就是指成败都因一人而造成。

冒顿单于的鸣镝

秦末大乱，楚汉相争，匈奴的旷世雄主冒顿（mò dú）单（chán）于乘机崛起。他的崛起，中间有一段曲折的故事。

冒顿是头曼单于的太子，由于头曼单于另有新欢，也生下了一个儿子，他很想把冒顿太子废了，立小儿子为太子，但是又找不到借口。于是，头曼单于派遣冒顿为匈奴驻祁连山区的大月氏的代表。其实，就是当人质。

不久，头曼单于率领大军攻打大月氏，他满以为大月氏一定会把冒顿杀了，完成他借刀杀人的计谋。没有料到冒顿机灵得很，偷了一匹大月氏的快马，不分昼夜地赶回匈奴。

头曼单于看到冒顿竟然溜回来了，心中暗暗叫苦，表面上还是称赞他勇敢，并且派他担任一万骑兵的指挥官。冒顿心里明白父亲的计谋，却假装不知情。

冒顿是个工于心计又阴狠的人，他养了一批听命的死党，又设计了一种射出去有“呜呜”声响的箭，叫做鸣镝（dí）。冒顿告诉部下说：“打猎的时候，鸣镝所射的方向，大家都得照着射，哪个不射，就砍他的脑袋。”

为了训练部下，冒顿有一天把自己心爱的宝马牵出，自己用鸣镝射马，左右也纷纷竞射，冒顿很高兴，大大奖励一番。又一回，他看见自己的爱妻走出来，竟然也拔箭就射，有些部下以为冒顿一时丧心病狂，没有动手，结果这些人的脑袋立刻搬了家。从此，部下被训练成了机械式反应，只要鸣镝一响，莫不追随目标接连放箭，不管那目标是什么。

有一天，头曼单于外出打猎，冒顿尾随在后，忽然他把鸣镝向头曼射去，冒顿的部下随着一起射箭，顷刻间，头曼单于全身插满了箭，像只刺猬一般，就这样糊里糊涂地死了。冒顿随即抢夺了单于的位子。

鸣镝，赤峰市大营子辽墓出土。镝，就是箭头。鸣镝用骨制成，中部凿空，射出后，会发出“呜呜”的响声，又称响箭。

在汉高祖七年（前200年）时，冒顿单于进攻太原，刘邦亲率三十万大军迎战，到了平城（治今山西大同市东北），因为轻敌被困了七天，一筹莫展。汉兵耐不住寒冷，个个冻得皮开肉裂手缩脚僵，甚至连手指头都因为太冷而断了，困在白登山动弹不得。

幸好，智多星陈平及时献上一计：

他派了一个有胆识的使者，带着金银财宝和一幅图画，到了匈奴的兵营，只说要见单于妻子——阏氏（yān zhī）。

阏氏看到光闪闪的黄金，亮晃晃的珍珠，非常欢喜，赶紧收下了。一抬头，看见一幅画，画的是一个美人儿，心中起了妒意：“这是谁？”

汉使回答道：“汉帝为单于所困，愿意罢兵修好，所以派我送上金银财宝，又准备把朝中第一美人献给单于，不久即可送来。”

阏氏酸溜溜地瞪着画上的美人说：“这倒不必了，你把画带回去。”

汉使说："汉帝也舍不得把美女送给人，如果你肯帮忙，那还有什么话说？"

阏氏不耐烦地说："我知道了，你放心吧。"

送走汉使后，阏氏立刻一把眼泪一把鼻涕地跑去找冒顿说："汉朝皇帝刚即位不久，我听说汉朝皇帝是真命天子，他能做皇帝是天意，你如果捉住汉天子杀掉，便是违背天意，恐怕老天爷会谴责你。你如果捉住汉天子不杀，那么，草原各部又一定会责怪你。"

冒顿问："你看，该怎么办呢？"

阏氏说："依我看，放走汉天子算了。"

冒顿单于原先约定匈奴其他两部同来平城，那两部迟迟未到，冒顿单于正怀疑那两部是否和汉朝勾结，所以，内心也有些不安，听了阏氏的话，便同意放松白登山的包围圈，让刘邦从一条缝隙之中冲出去。

就这样，靠着陈平的奇计，刘邦狼狈地逃回来，从此再也不敢出兵打匈奴，而汉朝的边境也就从此不安宁了。

萧何费尽心机保住性命

萧何和刘邦是同乡，刘邦打进咸阳的时候，萧何搜集了大量的秦朝图籍档案，把秦朝的土地、户口调查得一清二楚。刘邦能打败项羽，萧何功居第一，因此在天下统一、大封功臣的时候，萧何官拜丞相，被封为酂（zàn）侯，在列侯中占第一位。

萧何帮助吕后设计除掉韩信以后，他的功劳更大了，刘邦再加封萧何五千户，得养卫士五百人，并尊为相国（相国就是丞相，给予相国的名号是表示特别崇敬）。

他认为自己劳苦功高，理该如此，也并不辞谢。当大家都来向萧何祝贺时，只有一个手下叫召平的，对他说："你恐怕要惹祸上身了。"召平接着解释道，"你别看皇上表面看重你，其实已经在怀疑你了。你想想看，连韩信到头来都免不了一死啊……"

萧何听了，怕得发抖，坚持不肯接受加封，并且把钱捐出来充作军饷。刘邦知道了萧何的做法，对他很是夸奖。

不久，刘邦领兵去攻打英布，萧何派人运输军粮，刘邦老爱问押运军粮的人说："萧何最近怎么样啊？做了什么事啊？"押运军粮的人回答说："萧何勤政爱民，常常抚慰百姓。"刘邦听了，皱皱眉头不吭声。

押粮的人回来报告，萧何也没有在意。有一次，无意间和朋友谈起，那个朋友立刻对萧何警告："你一家大小不久以后都要完蛋了。"

萧何听了这话呆住了，搞不清楚为什么。

这个朋友继续说："你已经做到宰相，没法再升上去。皇上经常问你在做什么，是害怕你太得民心，逮住机会起来造反。你最好多收买些田地，强迫老百姓以最便宜的价钱卖给你，这样老百姓一定恨透了你，你得不到百姓的爱戴，皇上才会放心的。"萧何听了深感有道理，于是假装出很贪婪的样子，到处去搜刮民田。

萧何仗势强占民田，自然引起老百姓的抱怨，有几千人联名上书告发萧何的罪状。

萧何，选自《历代名臣像解》。

刘邦得胜回来，就得到老百姓告状的消息，他亲自责问萧何，要他自己向百姓谢罪，并且把萧何关进了监狱。

有个朋友到监狱去探望萧何，很为萧何担心，萧何却轻松地说："不要为我担心，要为我庆贺，因为我逃过了被杀的一关啊！"

其实，刘邦对萧何强占民田的事很高兴，因为这是萧何自毁形象，老百姓不会拥护萧何了，纵使萧何造反，也不会有人追随他。不久，刘邦对萧何猜忌恐惧之心便减低了。于是，刘邦命人把萧何从监狱中召来。

“我想不通，你为什么要强占老百姓的田地？”刘邦在试探萧何。

萧何跪在地上，低下头说：“老臣年纪大了，儿孙都没有什么本事，我想多留一点遗产给儿孙，以免他们将来冻饿。”

听了萧何的解释，刘邦心中大乐，原来萧何的志气如此小，只想留些田地给儿孙，这种人是一定不会造反的，不必提防了，于是，刘邦装成很慈祥的样子说：“你不要强占民田，我会给你一些土地的，你回家去休养几天，然后继续当职，还是做你的丞相吧！”

萧何立刻千谢万谢，高兴地回家去了。

到了萧何临终时，惠帝去看他（这时高祖已死），问他：“谁可以继你为丞相？”

萧何知道言多必失，故意说：“我想你一定清楚。”

汉惠帝想起了高祖的遗嘱问道：“曹参可以吗？”

萧何在病榻上叩头说：“你的眼光很对。”说完话萧何含笑而死。他处处提防，用尽心机应付皇上，才能保得住一条老命。

奇耻大辱的和亲政策

刘邦被匈奴围困在平城七天，靠着陈平用美人图画骗了冒顿的阏氏，才捡回一条老命。

刘邦心有余悸地回到了长安，才过了没几天，一连接到了北方的好几件快报，说是匈奴又来攻打边境了。

刘邦因为晓得匈奴冒顿的厉害，心里着急得不得了，找到几个大臣前来商量对策，却都束手无策，这时有个叫刘敬的大臣开了口："现在天下刚刚安定下来，再要大动干戈远征，恐怕不是容易的事，看来匈奴不是用武力可以征服的！"

"那莫非要用仁义感化吗？"刘邦急忙追问。

刘敬说："当然不是，冒顿心比豺狼，您忘了吗？他能用鸣镝诡计杀害自己的父亲，哪里吃仁义这一套？我倒有一个方法，就怕您不肯。"

刘邦说："只要能使匈奴臣服，我什么都肯干。"

刘敬便说："那就好，我的意思是把陛下的公主嫁给冒顿单于，立为冒顿的阏氏，他一定很感激陛下。等公主生了小孩立为太子，这样，便成为陛下的外孙，天下哪有外孙来攻打外祖父的？我们再每年送些宝贝珍玩去，不怕匈奴不服。"

刘邦一拍大腿，兴奋地说："这个计谋很不错，有什么舍不得的？"接着，刘邦进入后宫找吕后商量。

吕后听了立刻破口大骂："我只生一儿一女相依终生，你竟然要把我的宝贝送到番邦吃苦受罪，这绝不可以。况且女儿已经订了亲，你做皇帝的，讲话可以不算数吗？"

不久，吕后偷偷把公主嫁掉了。刘邦知道了，大为不悦，但是也无可奈何，只好找了一个宗室的女孩，冒充公主外嫁番邦，保住了一时的安宁。

除了匈奴之外，汉朝也把几位假公主嫁给其他外族的酋长，以求维持友好邦交。这种用嫁公主来换取友好关系的办法，称为"和亲政策"。这种和亲政策从汉高祖开始，汉朝一直采用下去。

外族酋长娶到公主当然很高兴，不但得到漂亮的妻子，而且有大量的陪嫁珍宝，可说是人财两得。但是，对汉朝而言，既赔了夫人（公主），又赔了钱（嫁妆），实在不划算，所以，和亲政策是很耻辱的。

刘敬对刘邦说："当心有一天冒顿发现就不好了，陛下还是要多注意边防，不能疏忽。"

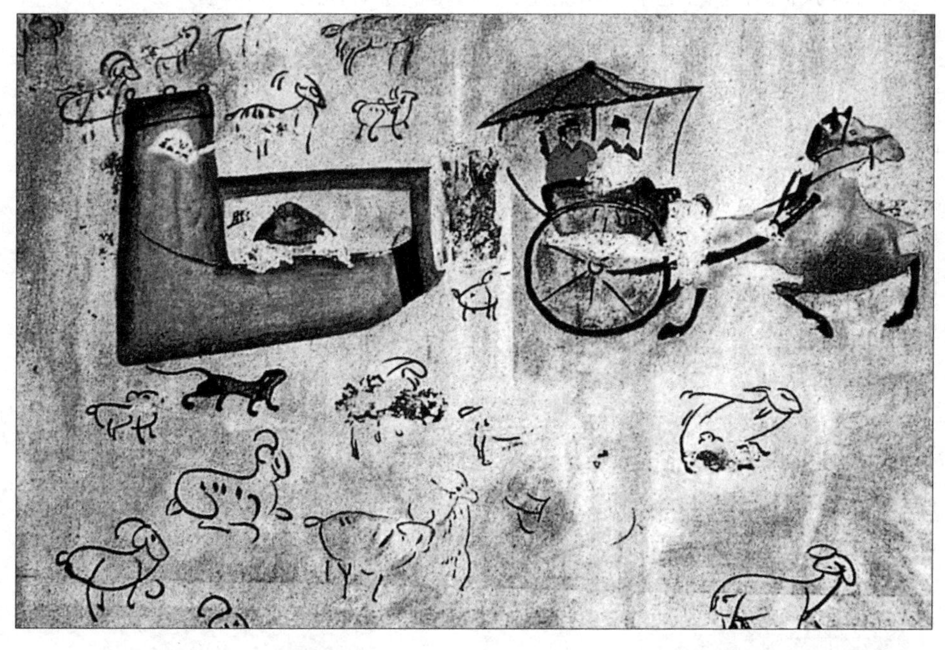

西汉时期匈奴人牧羊图，汉墓壁画。

刘邦也认为刘敬讲得有道理，但是汉朝刚建立不久，基础不够，况且人都是有惰性的，能暂时逃避现实就逃避一阵吧，也就不去管他。

平平安安过了几年以后，刘邦驾崩，冒顿打听到惠帝软弱，吕后掌权，存心藐视汉室，写了一封历史上有名的“国书”送给吕后。

上面写着：“我生于沮（jù）泽之中，长于平野牛马之城，几次到边境，想到中原去玩一玩。你死了丈夫，我的妻子最近也死了，两个君主都闷闷不乐，非常寂寞，愿意以我有的，换取你没有的。”

吕后看了，眼冒金星，当场把“国书”丢到地上，召集文武百官，准备把来使斩首，马上出兵算账。

这种践踏皇室尊严的信，实在令人无法容忍。但是汉朝的国势衰弱，凭什么跟人家打仗呢？

最后，吕后只有发挥“忍”的功夫，假装看不懂冒顿单于书信的意思，写了一封信回单于：“承蒙单于看得起我，我真是既感激又恐惧。你们所有的是马，我们所有的是车，我愿意送你几辆车，配合你的马。”又拿了许多金银财宝叫使者送回去，并且挑了一个倒霉的宫女嫁过去。